Fan
ファン文庫

神様の用心棒
うさぎは梅香に酔う

著　霜月りつ

マイナビ出版

目次

登場人物紹介

兎月

宇佐伎神社の用心棒
うさぎを助けたことから
よみがえったが
死後十年経っていた

ツクヨミ

宇佐伎神社の
主神・月読之命
神使のうさぎと同化する
ことで実体をもてる

アーチー・パーシバル

パーシバル商会の若き頭取
異国の巫の血をひいている

五稜郭の夢

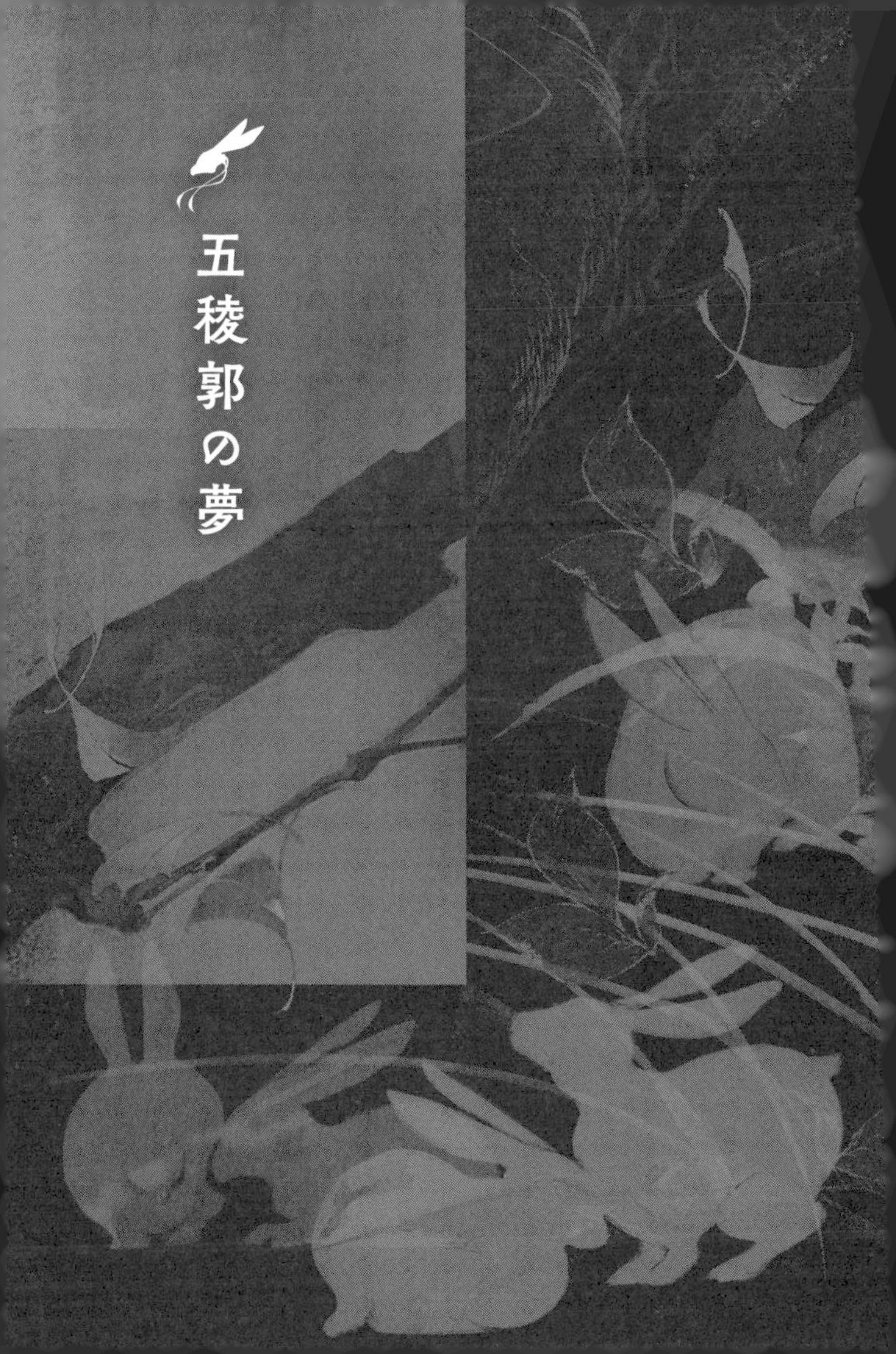

序

「────ッ!」

伸ばした手の先に友がいる。すぐ近くにいるのに捕まえることができない。

(そっちへいってはだめだ)

兎月《とげつ》は叫ぼうとしたが声がでなかった。

(行くな、行くな!)

友が、たくさんの男が、仲間たちがいる。みんな向こうへ行ってしまう。

(行くな! 戻ってこい!)

追いかけようとした足は、深い泥の中にいるように動かない。

指の先で友の姿が消える。ああ、まただ、またこの夢を──。

「……っあ、はあっ、はあっ、はあっ」

兎月は布団を跳ねのけた。額に首に、冷たい汗をかいている。

「くそ……っ」

兎月は布団から出て寝間着のまま部屋の隅に置いてある木刀を取った。

襖《ふすま》を開けて廊下へ出ると、ひんやりと冷気が身を包み、汗を凍らせてゆく。雨戸は使用人によってもう開けられていた。沓脱《くつぬぎ》に置かれていた下駄《げた》を履いて、庭から続く神社の境内に入る。

夢を見た。いやな夢だ。でもよく覚えていない。だけどこの感覚は知っている。何度も何度も見る夢なのだ。

夢の内容を知らずとも、きっとそうだとわかる。あれは、かつての自分と仲間たち。共に死んだ……自分と違って蘇らなかった仲間たちの夢なのだ。

兎月は首を振ると木刀を握りしめた。下駄を脱ぐと玉砂利《たまじゃり》の上の雪を素足で踏みしめ、呼吸を整える。

悪夢の残滓《ざんし》を拭うため、兎月は冬の朝日に向かって刀を振り上げた。


兎月の体から、熱気が湯気となって上がっている。

五百回の素振りの間、その軌跡は一分たりともずれてはいないはずだ。空気に色がついているなら、きっとその部分だけくっきりとわかるだろう。

そばの梢にひっかけておいた手ぬぐいをとって顔を拭うと、十二羽ほどのうさぎたちが、わらわらと足下に集まってきた。積もった雪と見間違えるくらい白いうさぎだ。

『イツモ　ヨクヤル』

『ナニガ　タノシイ』

後脚で立ち上がり、耳を倒して鼻をひくひくさせる。基本、無表情なうさぎたちだが、今その顔には理解できないと書いてあるようだ。

「楽しみでやってんじゃねえよ」

うさぎの声は兎月にしか聞こえない。そもそも彼らの姿も普通の人間には見えない。彼らは函館《はこだて》山にある、宇佐伎《うさぎ》神社に仕える神使だからだ。

箱館戦争でうさぎを庇って命を落とした兎月——本名、海藤一条之介《かいどういちじょうのすけ》は、死の間際、うっかりうさぎになりたいと願ってしまった。まさか十年後、蘇らされ、しかも、うさぎに転生するための修行として、神社の用心棒に任命されるとは思ってもみなかった。

幕府軍と新政府軍が戦った戊辰《ぼしん》戦争、不満を抱いた武士たちの反乱となった西南《せいなん》戦争を経て、この国は侍のいない時代を迎えた。そんな世の中で自分が生きる意味があるのかと、当初兎月は悩んだ。

神社の用心棒としての仕事は山から降りてくる怪《ケ》ノモノと呼ばれる魔を退治すること。最初はそれと戦って死ぬならそれもかまわないと思っていた。

だが今はむやみに命を手放そうとは思わない。大切な人たちを、町を守るために戦って、ともに生きていく。まあ、うさぎになるのだけは勘弁願いたいが。

「今日はずいぶんと早くから振っていたな」

神社の本堂の屋根の上から声がかけられた。立っているのは白い髪に白い狩衣《かりぎぬ》を身につけた少年の姿をした神、月読之命《つくよみのみこと》――ツクヨミだ。宇佐伎神社の主神となる。

雪に降り込められる函館山から、春までの間、麓に宇佐伎神社を移した。場所は基坂《もといざか》にあるアメリカ人貿易商アーチー・パーシバルの屋敷の隣。一緒に兎月もパーシバル家に居候させてもらっている。函館山の神社では、凍死する恐れがあったからだ。

仮社《かりやしろ》は、小さいが丁寧に美しく造られている。鳥居もあるし、今は雪で見えないが、玉砂利も敷いてある。簡素な手水舎《ちょうずしゃ》も用意され、周りは御簾垣《みすがき》で囲まれていた。ご神体である鏡を函館山の社から移し、ツクヨミはここに顕現している。

ツクヨミは白い髪を翻し、ひらりとうさぎたちの間に飛び降りた。

「その割にいつもより太刀筋が荒れていた」

「そうか？」

「毎朝見てるんだ、そのくらいわかる」

兎月は動揺を面《おもて》に表さないよう、急いで深呼吸をした。

夢見が悪くて眠れなかったからだとは言いたくなかった。ツクヨミは子供の姿で、心根も子供じみたところがあるが、案外と心配性で過保護なのだ。

「朝食に行こうぜ。今日はにんじんのクリームスープだと女中さんが言ってたな。おまえ、好きだろ？」

「うむ！　にんじんのスープはうまいな！　にんじんの味噌汁も好きだが」

兎月は「うえっ」と舌を出した。

「にんじんの味噌汁なんて人の飲むもんじゃねえよ」

『ニンジン　サイコー』

『ニンジン　バカニスンナ』

『トゲツ　クワンデヨロシイ』

うさぎが兎月の足にぶつかってくる。ほかのうさぎも立ち上がってぶーぶーと文句を言った。

「あとでもらってきてやるよ」

神使たちは基本ものは食べないが、供え物として置いておくとそのものの力や味を得ることができるらしい。兎月の言葉にうさぎたちは、雪の上で輪になって踊り始めた。

『ニンジン　ニンジン』

『オイシイ　ニンジン』

うさぎたちの舞に見送られて、兎月とツクヨミは屋敷の中へ入った。

「おはようございマス。ツクヨミサマ、兎月サン」

食事室には主人のアーチー・パーシバルが待っていた。

アーチー・パーシバルはアメリカ人だが、母親がイギリス人で、遠い祖先にケルトのドルイドがいたそうだ。ドルイドはケルト族の神に仕えるもので、その血を引いた彼は幼いときから見えざるものが視えたという。

そのためか、出会ったときから彼はツクヨミも神使たちも視えた。そしてその強い巫《かんなぎ》の血は、兎月やツクヨミを助ける力となったのだ。

「今日のご予定は？」

パーシバルは広げていた新聞を畳むと二人に聞いた。

「あー……、俺は飯が終わったらちょっと出かける」

「そうデスか。そういえば朝おみつサンが来て、時間があれば満月堂《まんげつどう》に来てほしい、とお葉《よう》サンの伝言を持ってきてくれマシタよ」

「そうか。じゃあ、寄ってみる」

「ワタシは今日は新しい銀行の説明会に行ってマス。帰りは夕方デス」

「おう、お疲れ」

パーシバルはまだ三十前の若さだが、商会の頭取を務めている。パーシバル商会は貿易を扱い、輸出輸入に携わっていた。日本びいきのパーシバルは知識も礼儀もわきまえているので、函館の外国人が経営する会社の中では新しめだが、取引は順調らしい。

函館にやってきたのは五年前で、大きな薬問屋だった屋敷を和洋折衷の邸宅に仕立て上げた。

店部分は土間や框《かまち》のある日本式だが、奥の部屋、パーシバルの私室や居間、図書室、食事室などは洋風の設《しつら》えになっている。風呂や厨房、兎月が寝室に使っている部屋などは日本式だ。

パーシバルは日本の住居に関してこんなことを言っていた。

「ワタシが日本の家で一番気に入っているのは縁側デスね。雨戸を開ければ庭と一体になった外廊下、暖かな日はそこに腰を下ろして庭を眺めながら茶を飲みマス。サイコーデス」

なかなかの渋好みだ。

「ただ、冬はモノスゴク寒いデス」

足下からしんしんと冷たさが上ってくるので、分厚いカーペットが廊下の端から端まで敷かれていた。

食事室は朝昼晩と三食食べるときに使う、広いテーブルのある洋室だ。

江戸時代の日本人は、通常、朝と夕しか食事をとらない。昼を食べるようになったのは明治になって外国人の風習を真似るようになってからだった。

なので最初一緒に昼食をとったとき、兎月はとまどった。今までは小腹がすけば芋を食べたり蕎麦《そば》をたぐったりしていたのだが、毎日正午の決まった時間に案外腹にたまる量が出る。

しかもパーシバルは昼食のあと、一時間ほど休むという。昼寝をすることもあった。

「異人がでかくなるのは当たり前だな、食っちゃ寝してるんだから」

兎月はそう言って笑ったことがある。

兎月も日本人にしては背の高い方だが、パーシバルはその兎月より一寸（約三センチ）ちょっと高い。

食事室でにんじんのスープと焼いたパン、それに野菜のサラダとベーコン、焼いた卵を食べる。

「兎月サン、またサラダを残してマスね」

兎月が箸先で散らかしたサラダを見てパーシバルが注意する。生野菜の上に焼いたベーコンが載っていて、それだけを食べていたのがバレた。

「あー……。うさぎたちに持っていってやろうかと」

「うさぎサンたちになら別に用意しマスよ？」

「兎月、好き嫌いは子供のすることだぞ」

二人に言われて兎月はしぶしぶ箸で生野菜を摘まんだ。

「うう……」

無理やり口に入れると緑の濃い味が鼻に抜ける。パンやベーコンには慣れてきたが、いまだに兎月は生の野菜が苦手だ。

「兎月は葉っぱが嫌いなのだ」

ツクヨミは口いっぱいにレタスを詰め込んでいる。

「こんなにうまいのにな」

このレタスやキャベツは異国人のために、パーシバルが契約している農園で育てているものだ。

テーブルにはツクヨミの分もあった。屋敷の使用人たちにはツクヨミの姿は見えないが、パーシバルが「神社があるなら神様もいらっしゃいます。一緒の膳を用意するように」と言ってくれたためだ。

ツクヨミはもちろん食べなくても飢えはしないが、兎月と暮らすようになって食事の楽しみを知った。もちろん使用人たちはパーシバルか兎月が食べているのだと思っていることだろう。

「ツクヨミサマ、にんじんスープはいかがですか？」

「うむ、うまいぞ！　我はにんじんスープが好きだ！」

ツクヨミはスプーンを握りしめ、頰にいくつも汁を跳ねさせながら言った。食事のときは使用人は入らないように言ってあるので、ツクヨミも遠慮なく話すことができる。

「兎月、満月堂に行くなら我も同行するからな。お葉が来てくれというのなら、たぶん新作菓子の件だ」

「ああ……うん」

兎月はレタスの葉を口からはみださせてうなずいた。

彼らの朝はいつもこんな調子で始まる。函館山から降りてくる、悪しき霊となった怪ノモノ、それらから人々と町を守る使命を負った神と用心棒は、割合とのんびりした毎日を送っていた。

一

基坂に建つパーシバル商会を出て南へと歩く。お葉の店、満月堂は函館山麓近く谷地《やち》坂《ざか》、汐見《しおみ》町にあった。このあたりから坂がきつくなる。積もった雪のせいで滑りやすく、兎月は下駄の歯を突き刺すようにして歩いた。

兎月が蘇って最初に関わったのが、和菓子屋、満月堂を営むお葉だった。数年前に夫を亡くし、そのあと、老齢の職人と二人で店を守る気丈な女だ。太陽の滴にも似た福寿草、その花のように明るい笑顔の女性で、話しているだけで心が晴れやかになる。

店の一番人気はうさぎ饅頭《まんじゅう》。柔らかくもっちりした皮に、甘さ控えめで舌触りのいい黄身餡《あん》をつめてある。食紅で赤く染めたザラメで目を作り、耳も伸ばしてかわいらしいうさぎの形になっていた。

ほかにも毎月のように新しい菓子を作り出して、函館市内では評判だ。最近は洋菓子も試みているらしい。

「こんにちは」

兎月はのれんをくぐった。客に対応していたお葉がぱっと明るい顔になり会釈をしてくる。兎月も会釈を返し、お葉の接客が終わるまで待った。

「いらしてくださったんですね、兎月さん」

「ああ、ちょうど外に出る用事があったからな」

兎月の懐から白いうさぎが顔を出す。お葉は「こんにちは」とうさぎを撫でた。

このうさぎはツクヨミが神社の神使に入り込んだものだ。普通は人が見ることも触れることもできないツクヨミと神使だが、一緒になることで実体を持つことができる。神社を離れるときはこうやって兎月の懐に入り込んでいた。

「なにか新作ができたんじゃないかってパーシバルが楽しみにしてるぜ」

兎月が言うと、お葉は手伝いの少女、おみつと顔を見合わせて笑った。

「とっても珍しくておいしいもの。兎月さん、きっとびっくりするわ！」

おみつが両手を口にあてて嬉しそうに笑う。おみつは八歳、病気の祖母と二人暮らしで去年から満月堂で働いている。子供といえど気がきく働き者なのでお葉は重宝してかわいがっている。両親を亡くしているおみつもお葉を母のように慕っていた。

「へえ、そりゃあ楽しみだ」

お葉が奥から陶器の皿に載せたものを持ってきた。白くて丸い。見た目は饅頭かだんごのようだ。

「これが新作？」

「ええ。どうぞ試してみてください」

お葉は皿に竹を削ったひらたい匙《さじ》をつけていた。それで切って食べるらしい。匙を突き刺すとけっこう硬い。ぐいぐい押してようやく切れた。すくってみると下の部分がわずかに溶けている。

「んん……？」

兎月は口に入れて驚いた。冷たい。そして甘い。おまけにすぐに溶けてしまう。

「なんだこれ、雪？　氷か？」

「うふふ」

お葉とおみつはいたずらが成功した子供のように笑う。

「これ、パーシバルさまに教えていただいたあいすくりん、ですの」

「あい、すくりん？」

「牛の乳と卵で作ってあるの」

お葉とおみつがかわるがわる言う。

「ふうん、滋養がありそうだな」

日本で最初にアイスクリームが販売されたのは明治二年。町田《まちだ》房蔵《ふさぞう》という男が横浜馬車道通りに「氷水屋」という店を出したのが始まりと言われている。もっともこのときは、大工の一日仕事の手間賃の二倍もしたというから高級菓子だ。

「お味はどうかしら」

お葉に聞かれて兎月はもう一度匙ですくって口に入れる。

「冷たくて甘くてうまいな。これはきっと売れるよ」

うさぎがとんとんと後脚で兎月の腹を蹴った。自分にも食わせろと言っているのだ。

兎月が匙をうさぎのくちもとに持って行くと、鼻をひくひく動かしたあと、ぱくりと匙をくわえた。

「……！」

うさぎは眼を丸くし、耳を大きく動かす。じたばたと足で腹を蹴られ、兎月は前のめりになった。

「わかったわかった、うまいんだな」

兎月がうさぎの感想を伝えると、おみつは「やったあ」とその場で飛び跳ねた。

うさぎと一緒に完食したあと、兎月は正直な感想を言った。

「おいしかったが冷たくて最後の方は舌がばかになるかな。冷たいのが魅力だとは思うが、子供はともかく年寄りには食べにくいかもしれない」

お葉は兎月の言葉にうなずいた。

「あと、これをどうやって売ればいいかわからなくて悩んでいるんです。お皿ごと売るわけにもいかないし」

「なるほど。紙だと溶けて濡れちまうな」

「わらび餅のように笹の葉でくるむか、水ようかんのように竹の器に入れるか……」

「餅に包めばどうだ？」

我ながらいい考えだと思ったがお葉は首を横に振った。

「お餅が固くなっちゃいます」

「そうか」

うーん、とお葉は頬に手を当てて考え込む。

「味はいいから売ってほしいな」

兎月は竹の匙を口にくわえたまま言った。

「もう少し考えてみますね」

あいすくりんがうまくいけば日本人はもとより、居留している外国人に売れる。お葉はそれも考えているのかもしれない。

兎月はいつも買ううさぎ饅頭をふたつ懐に入れ、店を出た。足は函館山に向かう。

汐見町から山へ向かうとさらに坂がきつくなる。その途中にもいくつか家があり、よくこんな急勾配に住もうと思ったなと、兎月はいつも考える。神社はさらにその上にあるので人の家のことは言えないが。

高さが上がるにつれ、雪が深くなってきた。誰かがつけた足跡はあるが、さすがに神社の石段は雪に埋もれてしまっていた。

「こりゃあ上れないな」

兎月は三尺（約一メートル）は積もっている雪を見て諦めた。ツクヨミも鼻先につかんばかりの雪の壁を見て同意する。

「そうだな、町に神社を移して正解だった」

兎月は白い息をついて山を見上げた。真っ白な雪は軟らかそうに見えるが、かきわけて進むのはむずかしいだろう。

「なぜ神社に？」

きびすを返して町へ戻る兎月に、ツクヨミが聞いた。

「いや、ただなんとなく、雪が積もった町をみたいと思ったんだ」

「ふうん」

ツクヨミは兎月の懐から前脚をぶらぶらさせた。

「人は不便だな。我は神使の目を通していつでも空から町が見られるが」

「そのかわり苦労して登ってから見下ろす景色の素晴らしさなんて、わからねえだろう」

ツクヨミは頭を反り返らせて兎月を見上げる。

「人は苦労したくないものだと思っていたが」

「そりゃあな、できるだけ楽して生きたいさ。だからそのために苦労を楽しみに変えることに長けているんだ」

「おまえが毎晩うんうんうなって俳句をひねっているのも、あとで楽しむためか？」

ツクヨミがからかうような調子で言う。

「それは言うな」

兎月。その名は俳号だ。十年前、函館で一緒に戦った人が名付け親だ。今では本名の海藤一条之介よりも親しい。この名で新しい世を生きていくと決意した。

「俳号を持っているのダカラ、俳句を作ってくだサイ」

パーシバル邸に居候することになったとき、パーシバルにそう言われて句帳をもらった。いやだと拒んだが大恩ある人の名を出され、今もしぶしぶ作っている。兎月にとっては素振りを千回する方がましな苦行だ。

「〝新年や去年とおなじ寒さかな〟」

ツクヨミが歌うように兎月の作った俳句を詠んだ。

「やめろ」

「〝新しい年の挨拶いいそびれ〟」

「やめろって言ってんだ！」

ぎゅっと両手で頭を押さえ込まれながらも、ツクヨミはくすくす笑う。句作の心得のない彼でも兎月の句のまずさはわかるらしい。

「ひどいものだ」

「仕方ねえだろ、師匠が下手くそなんだから」

兎月は下唇を突き出し渋い顔になってうそぶいた。

「きっと自分より下手で嬉しかったんだな、かの男は」

「たぶんな……」

兎月は踏み固められた道から視線を上げ、青空を見上げた。

「鬼って言われてたくせに作る句は優しいものばかりだったなあ、土方《ひじかた》さんは」

兎月は五稜郭《ごりょうかく》の陸軍奉行並、新撰組《しんせんぐみ》副長だった土方歳三《としぞう》の弟子だ。剣術の弟子ではない、俳句の弟子だった。

よく二人で五稜郭の堀の上に立って下手な句をひねった。ときには剣の相手をしてもらうこともあったが、兎月は決して勝てなかった。

最初は兄の敵《かたき》ではないかと疑いを持って接していたが、やがてその剣に、人柄に惹かれ、結局真実を聞く前に死んでしまった。

十年後、蘇った兎月は、怪ノモノに取り憑かれ魔に堕ちかけた。それを救ったのが、土方だった。

土方歳三は、かつての愛刀だった兼定《かねさだ》とパーシバルという巫を依《よ》り代《しろ》に、月光の中に顕現《けんげん》し、兎月を魔から解放した。兎月はそのとき土方から真相を聞き、長い間の煩悶《はんもん》から解き放たれた。

土方はそのあとも兎月を一度助けたが、それ以降は現れてはいない。

「土方さんに会いたいな」

「死者の魂をそう何度も眠りから覚ますことはできん」

「魂ってのは眠っているのか？」

「人の魂は転生する」

ツクヨミは子供に言い聞かせるようにゆっくりと言った。

「命の輝きはそうやってつながってゆく。ただ……すぐに転生できるものもいれば、時間がかかるものもいる。人は死んでその準備期間に入るのだ。そこから何度も呼び出せば、転生自体が遅くなるだろうが」

土方さんもそうやって順番を待っているのだろうか？　けっこう短気なあの人のことだ、待っているのがいやでどこかへ逃げ出しそうだ。

そう考えて兎月は思わず笑ってしまう。

「なにに転生するのかはわかっているのか？」

「さあ。生まれてみるまではわからない。人間になるか、鳥や虫になるか」

「虫はいやだな」

兎月は言った。鳥や動物はまだしも虫なんてごめんだ。

「おまえは安心しろ。魂が浄化されればうさぎになれることが決まっている」

「だから――それは勘弁してくれ」

兎月はツクヨミとそんな話をしながらパーシバル邸に戻った。

屋敷に近づくと懐のツクヨミが兎月の腹を蹴った。

「いてえ！　なにすんだよ」

「誰か参拝にきている。神社に回ってくれ」

「こんなところからわかるのか？」

兎月はうさぎの頭を撫でながら塀を回って神社まで足を延ばした。すると鳥居の前で、今出てきたばかりの男と鉢合わせしそうになった。

「お、こりゃ先生」

「なんだ、大五郎《だいごろう》か」

兎月を見て頭を下げる小柄な男は、函館の町で一家を構えているヤクザの親分、大五郎だった。

「先生。お散歩ですか、それとも、」

そう言って刀で斬る真似をする。

「化け物退治ですかい」

大五郎は兎月が怪ノモノを斬って町を守っていることを知る、数少ない人間の一人だ。最初は神社に殴り込みをかけるという暴挙を働き、その折子分たちが怪ノモノに取り憑かれた。それを祓《はら》ってやったことで、兎月に恩を感じ、心酔している。

「ただの散歩だよ。そんな、やたら化け物が出てたまるか。それより、」

兎月は神社の前に立つ赤い鳥居に手を当てた。

「これ、ありがとうな。正月はばたばたしてててちゃんと礼も言えなかったが」

仮社の鳥居を寄贈してくれたのは大五郎一家だ。しかし、ヤクザとのつながりを知られないよう、寄贈者の名は「有志一同」になっている。

「今からでも大五郎って名前をいれてもいいんだぜ？」

「いえいえ、そんな恐れ多い。あっしらは先生の後ろでひっそりと応援させていただくだけで」

「せめて大の一文字でもいれないか？」

「いえいえいえ」

大五郎は恐縮した顔で手を振る。勢いがよすぎて顔に風が当たった。

「だけどおまえ、性根を入れ替えて町の人に尽くしているだろ。最近めきめき評判があがっているじゃないか。そんな遠慮することたぁ、ねえぞ」

「それも先生のおかげですよ。あっしは先生が人知れず町や人を守っていることに感激してるんです。そんな先生のお手伝いをしたい、そう思ってやってることに、人が感謝してくれるようになった……」

大五郎はぱんっと顔の前で両手を合わせた。

「金や面子のためにだけ生きてきた昔より、人や町のために働いている今の方が金を稼げるようになりやした。ありがてえありがてえ。だから鳥居を立たせてもらえたことが嬉しいんでさ」

そんな話をしているところに野良犬がとことこと歩いてきた。兎月と大五郎の前をすぎると片脚を上げて鳥居に小便をかける。

「あっ、こら！　なんてことをしやがる！」

大五郎が大声をあげると犬はすぐに逃げ出していった。

「……大の文字はやめた方がいいな。糞をまかれるかもしれねえ」

兎月がそう言うと大五郎は「へへえ……」と情けない顔をして笑った。


神社の敷地に入り、懐からうさぎを出してやる。ツクヨミがうさぎから抜けると、ほかのうさぎたちがわらわらと寄ってきた。

『ドコイッテタ？』

『ウマイモノ　タベタカ？』

ツクヨミと一緒に出かけられる役目は持ち回りになっているらしい。戻ってきたうさぎは体験した出来事を残らず話す。うさぎたちに一番受けるネタは兎月がひどい目に遭うことだ。今も小さく「ヘタナハイク」という声が聞こえている。

神社から出ようとした兎月にツクヨミが声をかけた。

「どこにいくのだ？　部屋に戻らないのか？」

「ああ、うん。ちょっと、ヤボ用で出かけてくる」

「なんだ。なら、我も一緒に行く」

「いや、……一人で十分だ」

ツクヨミは胸の前で両手を組んだ。

「どこへいくのだ」

「……庭を掃く箒《ほうき》を買いに行こうかと」

「嘘をつくな」

決めつけられて兎月はツクヨミを睨んだ。

「嘘じゃねえよ」

「我は神だぞ。人の嘘くらいわかる」

「へえ」

兎月はちょっとのけぞるように身を引いた。

「おぬし、今日は朝からずっと心に何か隠していただろう。おぬしは我の神使だ。主《あるじ》に嘘はつくな、我は、」

ツクヨミは言葉を選ぶかのように少し間を空けた。

「……なんだよ」

「おぬしを否定はせん」

兎月は軽くため息をついた。

「別にそんなたいそうなことじゃねぇよ」

「だったらよいではないか。一緒に行く」

兎月はツクヨミの顔を見た。ツクヨミはまっすぐに目をあわせてくる。先に視線をそらせたのは兎月の方だった。

「夢を見るんだ」

「夢？」

「内容はよく覚えてない。ただ、ひどく気分が重くなる。たぶん戦のときの夢だ」

兎月は前髪の下で額を押さえた。

「俺が忘れたふりをしてても胸の内では忘れさせてくれないんだ。そもそもこの町にあるんだし」

「なにが？」

「五稜郭」

兎月は小さな声で言った。

「あれは俺の過去そのものだ。蘇ってから今まで、何度も行く機会があった。そんなに離れていないんだからいつだって行ってよかったんだ。だけどなんとなく足が向かなくて、今までごまかしてきたんだが……」

ツクヨミに向かって頭を下げる。

「新しい年になって、踏ん切りをつけるためにも五稜郭に行こうと思う」

「そうか、わかった」

ツクヨミは重大な案件を引き受けたような顔でうなずいた。

「では行こう」

「いや、だから、」

兎月は苦笑する。バリバリと右手で頭をかいた。

「一人で行きたいんだ」

むうっとツクヨミは口をへの字にする。だが兎月の意志が変わらないとわかると、だらりと両手を下げた。

「……一人で大丈夫なのか？」

「大丈夫だ。今の五稜郭がどうなっているかなんてわかってる。奉行所がないことも聞いている。そもそもただ見に行くだけだから心配するな」

心配性で過保護なツクヨミ。自分を思ってのことだとわかっている。兎月は笑みを向けて見せた。

「すぐ戻る」

「わかった」

それでも心配そうな表情を消しもせず、ツクヨミは兎月を見つめていた。

「じゃあな、夕刻までには戻る」

兎月はそう言って神社を出た。ツクヨミは兎月の背が鳥居をくぐるまで見送っていたが、姿が見えなくなるとしょんぼりとうなだれた。

『カミサマ　シンパイ？』

『ツイテイクカ？』

うさぎたちが近寄って来て口々に言う。

「いや……兎月は一人で行きたいと言ったのだから」

ツクヨミは首を横に振った。

「我は兎月の帰りを待つだけだ」

そうして小さな神は小さな本殿の中に消えた。あとには白いうさぎたちだけがもこもこと動いている。

『カミサマ　サビシイ』
『トゲツニ　オイテカレタカラ』
こっそりと小さな声でうさぎたちは頭を突き合わせる。
『トゲツノクセニ』
『カミサマ　カナシイ』
『カナシイトイウカ　スネタ』
閉められた本殿の扉を見上げ、うさぎは首を振る。
『カミサマ　シンパイシテル』
『トゲツハ　ウッカリ　ダカラ』
一羽のうさぎがぽんと前脚を胸の前で合わせた。
『マチヲ　ミマワロウ』
『ミマワル？』
うさぎは仲間の顔を見て、秘密を打ち明けるようにそうっと言った。
『ゴリョウカクアタリ……』
その思いつきに他のうさぎたちも飛び跳ねた。
『ソレガイイ』

『グウゼン　トゲツニ　アウカモナ』

そう言うと二体がすぐに空に跳ねた。

『イッテキマス』

『タンナル　ミマワリ　ダカラ　ナ』

残ったうさぎたちは後脚で立ち、空に向かって手を振った。

二

五稜郭は星の形をしている。稜堡《りょうほ》と呼ばれる五つの角を持った星だ。本当はその五つのへこんだ部分にも半月堡《はんげつほ》という角を作る予定だったが、それはひとつしか完成していない。

五稜郭の周りは堀が作られ、水が流れている。今はその堀は氷で覆われ、多くの男たちが群がっていた。

堀から氷を切り出しているのだ。

この商売を始めたのは横浜からきた中川嘉兵衛という男で、五稜郭の堀から切り出した氷を日本中に運んで売っている。

よくそんなことを思いついたものだ、と兎月は感心しながら氷の上で働いている男たちを眺めた。

氷の上の雪を掃くもの、切り出す大きさに線を引くもの、長いのこぎりで氷を切るもの、切り出した氷をそりに乗せて運ぶもの……それぞれが組織だって手際よく働いている。

堀の水は亀田川の水を利用している。これが清冽《せいれつ》で品質が優れていたのだろう。五稜郭の氷は「函館氷」「龍紋氷」として評判になったらしい。

五稜郭。

旧幕府軍の戦士たちがここを新しい日本にしようと夢見た星の砦。

箱館戦争が終わって新政府軍に引き渡されたあと、中にあった箱館奉行所は解体されてしまった。そのあとは政府軍の練兵場になっている。

正門の前には政府軍の門兵が二人、長銃を肩に下げて立っていた。中には入らせてもらえそうにもない。

兎月はゆっくりと堀にそって歩いた。特徴的な星の形は上からでないと見えない。今は雪をかぶった木々が見えるだけだ。

歩いていくと前は五つあった橋が三つになっていることがわかった。戦中かその後に落とされたのだろう。

（あの中にいたんだ）

たくさんの男たちが夢を見ながら。

（あそこに）

自分もいた。

五稜郭の中のことはいくつでも思い出せる。端正なたたずまいの奉行所、剣道場、射撃練習場、兵糧庫、徒士の住む長屋もあった。厨《くりや》に風呂、厩舎もあり、よく馬を見に行っていた。

剣道場では冬の間、全員が竹刀をふるった。雪に閉ざされたこの地ではほかにすることもなかったからだ。熱気で屋根の雪が溶けるんじゃないかと笑っていた。

新政府軍の攻撃が本格化してこなかったあの時期、俺たちは夢ばかり大きく膨らませていた。

五稜郭のそこここでパァンパァンと小気味のいい竹の音が響き、男たちの声があがっていた。そう、今、聞こえているように。

「おい、海藤」

ぽんと肩をたたかれ振り向くと、友人の菅田《すがた》が立っていた。汗にまみれ上気した顔で、首に手ぬぐいをかけている。冬だというのに道着一枚で、寒気の中に湯気を上らせていた。

「菅田……？」

「なにぼうっとしている。ああ、兎月先生の方がよかったか？」

菅田は江戸脱出組で、兎月と同い年なせいか、出会ってすぐに親しくなった男だ。

「その名はやめろ」

かっと頭に血がのぼる。その名をもらったのはけっこう前なのに、五稜郭の仲間に呼ばれると恥ずかしかった。

「なぜだ。土方先生につけてもらった大事な名前だろ。ははあ、さては今も一句、ひねっていたか」

「そんなんじゃねえ……」

答えながら兎月は違和感を覚えていた。菅田……？　親友がここにいるのはおかしいんじゃないのか？　だって。

「す、菅田……」

「なんだ？」

「おまえ、」

死んだんじゃなかったか？　いや、それは今朝の悪い夢だったか？

「どうしたんだ、ほんとに。調子が悪いのか？」

「いや……」

心配そうに覗き込んでくる菅田の理知的な顔を見て、兎月は首を振った。

「今朝、いやな夢を見て」

「夢？　いやな夢なら話してしまったほうがいいぞ」

「……」

俺たちが負けて侍のいない時代になって——俺がひとりぼっちだという夢でもか？

「五稜郭の堀の氷が切り出されて……売られてたんだ」

「なんだそりゃ。いくら夢でも突拍子もないな」

菅田は呆れた口調で言った。

「ほかには？」

「忘れちまった」

「なんだ。まあ夢なんてそんなものだよな。切れ端が頭に残ってて、でも摑もうとすると消えるんだ」

菅田はぱしんと兎月の背を叩いた。

「よう、菅田、兎月先生」

もう一人の友人がやってきた。芦辺《あしべ》だ。

兎月は彼が苦手だった。水戸《みと》からの脱藩もので、家柄がいいのを鼻にかけるところがあったからだ。ここまで来てしまえばみんな同じなのに、今でも自分の家がどれだけ禄をもらっていたか、藩で重用されていたか話したがる。

「下手な句はできたかい？」

兎月が土方の俳句の弟子になったというのは、その原因の句と一緒にあっという間に五稜郭に広まった。娯楽の少ないこの砦の中での笑いのネタだ。

「またうさぎの耳を数えているのか」

「芦辺、それ以上言うと斬るぞ」

「ははは、腕が鳴ってるなら道場で相手をするさ」

芦辺は先に道場へ行ってしまった。夢の中では彼も戦死していたなと思い出す。

「さあ、俺たちも行こう」

菅田がまた背を叩く。友人の明るい笑顔がどこか懐かしく感じる。

菅田の背後を、かけ声を上げながら小部隊が駆け抜けていった。銃の練習をする一団だ。それを見送って菅田がぽつりという。

「俺は剣術の方が好きだな」

兎月は友人の顔を見た。

「確かに銃は扱いも、命を奪うのも簡単にできる。だが簡単すぎて相手が人だと忘れてしまう。剣で戦う方が、相手の命を確かに受け取っている気がする」

菅田は開いていた手をぐっと握り込んだ。まるでその中に命があるかのように。

「戦い方は変わっていくんだろうな。そのうち侍も剣を捨て、銃を背負うようになるだろう」

寂しげな友人の言葉に、今度は兎月が背中を叩いた。

「戦が終われば、剣も銃もいらない世界になるさ」

「それもそうだな」

ふふっと菅田は照れくさそうに笑う。気弱な言葉をついてしまったと思ったのだろう。

「俺はそんな世界を作りたいんだった」

菅田はもともと武術よりは学問が好きな男だった。会津《あいず》から北上してくるときも、北海道についても、懐の中に漢語の書物を忍ばせていた。

「そういえば今日、土方先生は？」

兎月はふと思い出していった。まだ土方を見かけていない。

「ああ今日はまだいらしてない」

「へえ、珍しいな」

奉行所には幹部の泊まる部屋も造られているが、土方は大町の商家、丁サ万屋《ちょうさよろずや》に宿泊していた。京から従ってきた新撰組の隊士たちは称名寺《しょうみょうじ》という寺を宿舎としている。

「今日は大鳥《おおとり》さんや榎本《えのもと》さんもお出かけで幹部はほとんどいない。羽をのばせるぞ」

「ふうん」

そう言えば五稜郭の中を行き来するのも若い兵たちばかりだ。

「今日はおまえから一本とるからな」

菅田が先に走り出す。兎月も負けじと彼の背中を追って駆けだした。

三

宇佐伎神社では神使のうさぎたちがうろうろと本殿の前に集まっていた。互いの顔を見ながらひそひそ話し、やがて一羽がおずおずと社の扉を叩いた。

『カミサマ　カミサマ』

中から返事はない。

『カミサマ　オハナシ』

トントンと前脚で器用に扉を叩く。

『オハナシ　キイテ』

「……なんだ」

不機嫌そうだがようやく返事があり、下にいるうさぎたちもほっとしたように耳を下げた。

『トゲツノコト』

「なんだ、兎月なんか。好きにすればいい」

声の調子が二段階ほど低くなる。うさぎたちはびくびくと体を震わせた。

『オイテカレタカラッテ　スネルノ　ヨクナイ』

『ヨクナイ　ヨクナイ』

地面の上のうさぎたちも声をそろえる。

「誰がすねてるだと！」

ツクヨミは扉を力一杯あけた。すぐ前にいたうさぎが扉に撥ね飛ばされ、下まで転がり落ちる。

『カミサマ　ランボウ』

『ヤツアタリ』

転がり落ちたうさぎにほかのうさぎたちが駆け寄る。ツクヨミはバツの悪そうな顔になり、「すまん」と小さく言った。

「そ、それで兎月がなんだ」

そんなツクヨミにうさぎたちが爆弾を放る。

『トゲツ　キエタ』

『イナクナッタ』

「なんだと!?」

ツクヨミは社から地面に飛び降り、手近のうさぎの首を摑んだ。

「どういうことだ！」

『マチニ　ミマワリ　イッタノ』

うさぎがきゅーきゅーと足をばたつかせて鳴いた。

『タマタマ　ゴリョーカクニ』

「たまたま!?　あとをつけたのか!?　我は兎月を一人で行かせると約束したのだぞ！」

『タマタマ　グーゼン』

首を絞められていないうさぎたちも足をばたつかせる。

『トゲツノタマシイ　ケハイキエタ』

「まだそこに誰かいるのか？」

『イル』

「見せろ」

ツクヨミは捕まえたうさぎの目を見つめた。すると視界が広がって空の中を飛んでいる景色が映る。目の下に広がるのは星の形の陣、五稜郭だ。

もう一羽一緒に飛んでいたうさぎが地面の上を示した。五稜郭の堀に沿った道に兎月が立っているのが見える。兎月は表情のない顔で五稜郭の方を向いていた。

『カミサマ　アソコ』

（確かに魂の気配が薄い）

目は開いていてもなにも見ていない。起きながら眠っているようだ。

（兎月！）

神使を通して呼んでも聞こえないようだった。

（まずい、怪ノモノの気配がする）

二羽のうさぎは急降下し、兎月の周りをぐるぐる回った。兎月の意識が神使に向いていないため、いつもなら触れることもできるのにそれが叶わない。

「兎月……」

ツクヨミはうさぎから顔を離した。こうなったら直接行って呼びかけるしかない。

「この中で一番足の速いものは!?」

ツクヨミは神使たちを見回した。一羽のうさぎがぴょんと跳び上がる。

「よし」

ツクヨミはすぐにそのうさぎの中に入った。瞬時にうさぎが実体を持つ。ツクヨミは丈夫な後脚をとんとんと地面に打ち付けた。

「待ってろ、兎月！」

ツクヨミうさぎが神社から駆け出すと、残りの神使たちもいっせいに敷地を飛び出していった。

道場で多くの友人たちと竹刀を交わし、打ち合う。みんなが嬉しそうに、楽しそうに兎月に声をかけてくる。

それに答えながら、打ち合いながらも、兎月は次第に奇妙な気分になっていった。

（そうじゃない）

ずっとそんな気がしている。

（なにか間違っている）

不思議と焦る気持ちがある。時間に間に合わないとか、なにか忘れたとか、大事なものをなくしてしまったとか、そんな気持ちに近い。

菅田の竹刀が突き出された。それを払い上げ、開いた胴に突きをいれる。菅田は壁まで吹っ飛んだ。

「あいかわらずおまえの突きはすごいなあ」

菅田は倒されたのに逆に嬉しそうだった。

「海藤がいれば負けないさ」

「銃前海藤だからな」

「頼りにしているぞ」

次々と仲間たちが声をかけてくる。中には見知らぬ顔もあった。普段話さないものもいた。

兎月は道場の中を見回した。この道場はこんなに広かっただろうか？　こんなにたくさんの仲間たちが稽古をできるほど……？

「海藤、またぼんやりしているな」

芦辺が竹刀でこづく。兎月はその先を手で避けた。

「いくら土方先生に目をかけられたからって、さぼるんじゃないぞ」

「さぼっちゃいない。ちょっと考え事をしてたんだ」

「道場でか？　ここは頭を使う場所じゃないぞ」

「わかってるさ」

しつこく竹刀で突いてくる芦辺に面倒くさくなって、兎月は竹刀の先を握るとそれを乱暴に引いた。あっけないくらい簡単に芦辺が竹刀を離す。

「もう一本やろうぜ、海藤」

芦辺は竹刀を振った。兎月は今奪った竹刀を見て、首をかしげた。芦辺はどこから竹刀を持ってきたんだ？　もともと二本持っていただろうか。

「ちょっと……暑くなったみたいだ。外で頭を冷やしてくる」

「海藤……」

道場を出た兎月を菅田が追ってきた。不安そうな顔をしている。

「どうしたんだ？　やはり具合が悪いのか？」

「いや、そうじゃない。なんだか……」

菅田と一緒に五稜郭の中を歩く。違和感が道場にいたときより強くなった。

五稜郭の中は白く雪が積もっている。道場にも、奉行所の屋根にも雪が分厚くかぶさっている。周囲は土塁が積まれ外は見えない。静かに雪が空から舞い落ちてくる。

(そうか、雪だ)

違和感の正体がわかった。なぜこれに気づかなかったのだろう。

兎月は悲しい気持ちで振り返った。自分が歩いてきた道、雪の上。そこには一人分の足跡しかない。隣には友人がいるのに。

——兎月。

誰かの声が聞こえた。耳になじんだ声。自分を心配し、怒っている声。

——兎月、戻ってこい。

「ああ、そうだな」

声にした兎月に菅田はいぶかしげな顔をした。

「誰と話しているんだ?」

泣きたい気持ちで兎月はそばにいる友人を見る。

「菅田。おまえ、死んでるんだ」

四

「なにを……言ってるんだ？　海藤」

「これは夢なんだろう？」

　兎月は自分の頬をぴしゃりと叩いた。

「あんなに道場で暴れたのに、俺は汗もかいてない……」

「それは……おまえが強いから……」

　菅田は歯切れ悪く口の中で呻く。

「五稜郭の中にはたくさん人がいるのに、雪がぜんぜん乱れてない。足跡ひとつついてないじゃないか。これが夢でなくてなんなんだよ」

「……」

　菅田は自分の足下を見た。確かに積もった雪の上に足跡はない。

「おまえは……五稜郭にいる仲間はみんなもう……」

　胸が苦しい。言いたくないのに、認めたくないのに、言わなければ夢から覚めない。

「そうだ。俺たちは死んでいる」

　代わりに言ったのは芦辺だった。菅田の後ろに立っている。その背後には今まで道場にいた仲間たちも立っていた。

雪が降ってきた。だが彼らの頭にも肩にも雪は積もらない。

「俺たちは北海道で死んだ。こんな北の、地の果てで、故郷から遠く離れた不毛の地で。誰にも看取られず、銃で撃たれ、砲弾で吹き飛ばされ、刀で斬られて死んだ」

その言葉通り、芦辺は頭から血を流していた。ほかの仲間も血まみれだった。腕を失っているものがいる。腹に大穴が開いているものがいる。顔が半分なくなっているものの、半分焦げてしまっているもの……。

兎月は思わず菅田を探した。菅田は少し離れた場所に立っていた。彼も血で染め上げられた軍服を着てうなだれている。

「俺たちは義のために集まった。忠に従い死んでいった。夢に命を懸け、侍の未来のために戦った。だがおまえはどうだ」

芦辺が折れた剣を突きつける。

「おまえも一度死んだのに、今はこうして蘇り、新しい生を生きている。俺たちは……死んだままなのに……っ！」

仲間たちが兎月に詰め寄る。兎月はじりじりと後ろに下がった。

「なぜだ？　なぜおまえだけ生きている。俺たちとおまえのなにが違う。なぜおまえは生きていける、侍のいない世界で」

「それは……」

「おまえは剣に生きた男だろう⁉　なぜ生きているんだ、剣を持てなくなったときに、なぜ死ななかった！　こんな世の中でなぜ生きているんだ！」

「なぜだ！」

別の男も血を吐きながら言った。

「なぜ生きている！」

「なぜ死なない！」

見知らぬ男がすぐそばで囁《ささや》いた。

「おまえは俺たちの仲間だろう」

耳元で優しく甘い声がする。ねっとりと、居心地のいいぬるま湯につかっているように、四肢から力が抜けていった。

「ともに生き、戦い、ともに死んだ。おまえは死んでいる。死んだはずだ」

「俺は……」

そうだ、俺は死んだ。銃弾が胸を貫いて。なぜ生きている？　なぜだ……？

「おまえは死んでいる。ちゃんと死ね。武士らしく腹を切れ」

俺はなぜ生きている？　たしか、あのときなにかを願って……。

「死ね、腹を切れ、死ね、死ね、死ね……」

男たちの声が兎月を取り囲んだ。その声はどこか切なく優しかった。

「死ね、死ね、死ね……」

誰かが生きろと……。いや、そうじゃない、俺は死ぬべきだ。ほら仲間たちもそう言っている。武士らしく……腹を……。

頭の中に黒く濁る霧がかかっているようだ。その霧は兎月の思考を止めさせる。

考えることを止め、兎月は懐に手をいれた。指先が硬いものに触れる。俺は腹を切るために刀を持っていた。懐剣をもっていた。

兎月は懐剣を出した。仲間たちの顔に狂喜の表情が浮かぶ。

「そうだ、死ね、死ね。腹を切って死ね」

兎月は懐剣の鞘を払った。青白い鋼の光がその場に放たれる。

「その刃は……っ」

芦辺が血塗《ちまみ》れの顔で悲鳴を上げる。

「兼定だ！　土方先生の刀だ！」

光は兎月の目にも飛び込んだ。目の奥が錐で刺されたかのように鋭く痛み、その激痛が兎月の頭をはっきりさせた。

「おまえたちは……」

兎月は兼定を鞘に戻した。頭の中の黒い淀みはきれいに消えている。

「おまえたちはただの未練だ！」

兎月は叫んだ。

「ここには土方さんはいない！　それが答えだ！」

「海藤オォォォォッ！」

芦辺が刀を振りかざして襲いかかってくる。兎月はその一撃を避けた。

「殺してやるっ！　殺しておまえを俺たちの仲間にしてやるっ！」

「芦辺！　やめろっ！」

次々と仲間たちが襲いかかってくる。兎月は雪を蹴散らして走った。仲間たちは足音もたてずに追ってくる。

(斬れねえッ)

兎月は走りながら胸の中で叫んだ。

(あいつらは生きていないが俺の仲間だった、友人だった。そんなやつらを斬れない！)

前からも仲間だったものが駆けてくる。背後から突き出された刀が肩の上をかすめた。

(どうすればいい!?)

——兎月。

再び頭の中に声が響いた。聞き覚えのあるこの声。

「ツクヨミ!?」

——兎月、仲間を「斬る」のではない。彼らを怪ノモノから解放するんだ。

「怪ノモノ……」

そうだったのか、と兎月は逃げる足を止めた。

「怪ノモノがやつらに取り憑いたっていうのか!」

兎月は右手を高く伸ばした。その手の中に光が集まる。

「こい、是光《これみつ》!」

抜き身の刀身に柄《つか》が、鍔《つば》が、誂《あつら》えられてゆく。柄巻《つかまき》が翻り、目貫《めぬき》が打ち込まれ、手の中に握り込まれるしっかりとした重みの魔斬りの刀。

「俺の仲間たちを貶《おとし》めるな!」

兎月は柄を両手で握り、襲いかかってくる仲間たちの中に身を投じた。

「……さすがだな」

雪の中に男たちが倒れている。その姿は見ているうちにじょじょに薄くなっていった。

兎月は是光を雪の中に刺し、それにすがってかろうじて立っていた。

「やはり強いな、おまえは」

声をかけたのは一番の友人だった菅田だ。ほかの仲間のように襲いかからず、一人離れて兎月の戦いを見ていた。

「菅田……」

兎月は荒い呼吸をそのままに、疲れて震える指で柄を握った。

「おまえも……？」

「そうだ」

菅田は組んでいた腕をだらりと下げた。

「俺もここに残る未練だ。未練の亡者だ。なぜ死なねばならなかったのか、なぜ俺たちが賊軍なのか、そんな悔しい思いの中で死んだ。その未練が魂をここへ縛り付ける。そこにつけこまれたんだ」

「菅田……」

「斬ってくれ」

菅田は両手を広げた。だが兎月は首を横に振る。

「俺にはおまえは……斬れない」

「だめだ、斬るんだ」

菅田が血塗れのまま近づいてくる。兎月は無力な子供のようにただ首を振った。

「菅田、俺はおまえに会えて嬉しかった、とても嬉しかったんだ……！」

「海藤……聞いてくれ。俺の中には恨みの種があって、怪ノモノがそれを育てているんだ。それを抑え続けているのはつらいんだ、とても」

菅田は両手で胸を押さえた。苦しげに顔を歪めた。怪ノモノの暗い衝動を抑えているのかもしれない。

「楽にしてくれ……」

「菅田……」

兎月は目を閉じて刀を持った腕を振り上げた。今、親友は目の前にいる。見えなくてもわかった。

「海藤……。ここにはまだ未練を残すものがたくさんいる。おまえはもうこない方がいいよ」

友人の声の調子は昔と同じだった。兎月が何か間違っても、怒りもせずに正解を示すときの声。

「いやだ、菅田……俺はいやだ」

目の奥が熱くなり、涙がにじむ。

「海藤。頼む」

兎月は涙をこらえて剣を振り下ろした。


目を開けると五稜郭の堀、ぎりぎりのところに立っていた。もうほんの少し、足を踏み出せば氷の上にまっさかさまだ。

「兎月！」

足下から声がした。目を向けるとうさぎが全身を震わせ、荒い息をしてうずくまっている。

白い毛皮は泥だらけで、とくに足は真っ黒になっていた。つま先が赤く染まっているのは爪が割れたのかもしれない。宇佐伎神社のあるパーシバルの家からここまで、走りに走ってきたのだ。

「……ツクヨミ？」

「兎月！　このバカ！」

うさぎが飛びついてきた。兎月はうさぎを両手で抱きとめる。

「バカもの！　怪ノモノに簡単に取り込まれおって！　死ぬところだったぞ！」

「ツクヨミ……」

「バカもの！　バカもの！　おぬしの主人は我ぞ！　なにを勝手にあっちへ逝こうとしているのだ！」

うさぎは兎月に抱かれながらむちゃくちゃに後脚で胸元を蹴る。温かな衝撃は、痛みより嬉しさを招いた。

「すまん……すまねえ……」

兎月はふかふかした白い毛皮に鼻を埋めた。にじんだ涙が溢《あふ》れるかと思ったが、それは縁にとどまっていた。

「心配かけた」

「まったくだ！　神に心配させるなぞ、ほんとにまったく、まったく、兎月はまったく……っ」

ツクヨミは兎月の胸にはりつき、声をとぎらす。しばらくそうして黙っていたが、やがておずおずと顔を上げた。

「我もすまん」

「え？」

「一人でいかせると言ったのに……うさぎたちが勝手におぬしのあとを追ったのだ」

うさぎは情けない顔で耳をぺたりと下げている。

「そうなのか？」

「我を思ってのことだ。叱っておいたから気を悪くせんでくれ」

兎月は苦笑してうさぎの頭を指先で撫でた。

「そんなことはないさ。おかげで助かったからな」

「そうか……」

ツクヨミは兎月の腕から五稜郭を見た。

「五稜郭でつらい目にあったか？」

兎月は小さく洟《はな》をすすり上げると首を振った。

「いや……懐かしい顔に会っただけだ」

「そうか」

見上げると突きだした三角の土塁の上に薄青い影たちが見えた。影たちは兎月を招くように手を振っている。

「……帰ろう」

兎月はうさぎを懐に入れ、五稜郭に背を向ける。寂しい影はずっとそのまま見送っていたが、兎月は二度と振り返らなかった。

終

パーシバル邸に帰る前に、お葉のところへ寄ろう、とツクヨミが言った。あいすくりんをもう一度食べたいらしい。販売するための工夫を考えると言っていたが、なにかいい知恵は浮かんだだろうか？

「あ、兎月さん！」

のれんをくぐった兎月の顔を見て、おみつがはしゃいだ声を上げた。

「女将《おかみ》さん！　兎月さんが来てくれたよ！」

その声に、店の奥からほっかぶりをしたお葉が顔をのぞかせる。

「いらっしゃいませ」

言いながら頭の手ぬぐいをとる。それだけでぱあっと顔周りが明るくなったように見えた。

「実は兎月さんがいらっしゃらないかしらっておみつと言ってたんですよ」

お葉は嬉しそうに言った。

「あれからあいすくりんの売り方にいいことを思いつきましてね、ぜひ兎月さんに試していただきたいって思って――少し待っててくださいね」

お葉はもう一度奥にひっこんだ。

「兎月さん、きっとびっくりするよ」

おみつも嬉しそうに言う。

「これ、考えついた女将さんはすごいって思うから！」

「へえ、なんだろう。楽しみだな」

ツクヨミも興味深げに懐から顔を覗かせる。

すぐにお葉は戻ってきた。黒い塗りの小さな盆の上に、茶色くて丸いものがいくつも載っている。

「さあ、どうぞ」

それは最中《もなか》だった。あいすくりんが出てくるとばかり思っていたので、兎月はちょっと肩すかしをくった気分だった。

「ん、……？」

兎月は目を見張った。口にいれると香ばしい薄い皮の下からひんやりした甘さが溢れてくる。

「あいすくりんだ！　そうか、最中の中にいれたのか」

我も我もとうさぎが腹をせわしく蹴る。兎月は載っていた最中をひとつツクヨミに渡した。うさぎは前脚で最中を持って口をつける。

「！」

ぴょん！　とうさぎの耳が立ち上がる。目をまん丸にしてうさぎは最中を食い進んだ。

「なるほど、これなら溶けても手を汚さずにすむな。それに最中の皮のおかげで、舌が冷たくなりすぎることもない」

「ええ。それほど長い間はもたないでしょうけど、この時期なら家まではそのままの状態を保てるでしょう？」

お葉は嬉しそうに微笑《ほほえ》む。

「おみつの言うとおり、これはすごいひらめきだ。やったな、お葉さん」

「今のままでは最中の皮は薄すぎるので、もうすこし厚くて固めにしようと思ってます。あいすくりんも中に抹茶をいれたり、棒茶をいれたりして変化をつけて――」

お葉はいろいろと自分の思いつきを話していた。兎月の耳にはそれは心地のよい音楽のように聞こえる。

こうやって生きていくのだ、人は。

下を向かず、前を見つめて、前に進んで。

お葉もおみつもつらいことがあった。大切な人を失い、大切な家を失い、それでも生きていく。

生きていればこうして新しいことを考えていくつでも夢を描ける。

過去に生きている五稜郭の亡霊たちは新しいものなんて食べられない。逝ってしまったものたちも……。

(菅田……おまえにはこのうまいあいすくりんを食べさせてやれない)

それは寂しく悲しい。でも。

(俺は生きているから——)

兎月は二個目の最中を手にして、それにかぶりついた。ぽろっと涙が零《こぼ》れてきた。

「兎月さん……」

兎月の涙に気づいたお葉は心配そうな顔になる。

「うまいな」

兎月は泣きながら、食べながら、笑う。

「なんでもないんだ。うまくて、……生きているのが嬉しくて」

涙が止められない。しかしお葉に見られても恥ずかしいとは思わなかった。

「嬉しぃんだ」

懐のうさぎは食べるのを止めて兎月を見上げる。涙の粒がうさぎのふんわりした頭に落ちた。毛皮を伝い落ちるそれをうさぎがそっとなめとる。

「温かいお茶もいれましょうね」

お葉はおみつの背に手をやり、奥に戻った。

兎月は店の中で一人、涙と一緒に新しい味を飲み込んだ。

入り口から差し込む黄昏《たそがれ》の陽が兎月の影を床に濃く映し出す。空気はまだ冷たいが、その日差しは確かに春を予感させる明るく温かな光だった。

白魔の牙

序

「うさぎの先生ー！　だいじょーぶですかーっ！」

ゴウゴウと風がうなる中でかすかに辰治《たつじ》の声が聞こえた。

「ここだー！　辰治、おまえも無事かーっ！」

目の前、周辺が真っ白だ。細かな雪を激しい風が巻き上げ、視界を奪う。まるで白い魔の衣に覆われたかのようだ。

兎月と辰治は山の中というわけでもないのに、遭難しそうになっていた。互いの姿もほんの少し目を離しただけで見失う。

「兎月、辰治の声は右手の側からしていたぞ」

懐のツクヨミが教えてくれる。兎月は隙あらば目の中に飛び込もうとする雪を手で遮り、腰まである雪の中をのろのろと進んだ。その後ろから馬が首を大きく振りながらついてくる。

「先生――っ、うさぎの先生――っ」

確かに辰治の声が近くなってくる。

「辰治、今行く！　だから動くんじゃねえっ！」

「へいっ！」

泳ぐように雪をかき分けていくと、ようやく辰治の姿が見えた。藁《わら》で編んだ肩と背中を覆う背蓑《せみの》もびっしりと雪がこびりつき、雪だるまのようだ。

「先生っ、よかった！」

辰治は倒れ込むようにして兎月の蓑を摑んだ。

「この風はいつまでこんな調子なんだ！」

兎月は辰治を抱えて怒鳴った。すぐそばにいるのに大声を出さないと声が風に飛ばされてしまう。

「わかりやせん、でも夜まで続くということはないと思いやす……！」

「こんなところで夜になったら凍え死んじまうぞ！」

時間はまだ昼の三時頃のはずだ。夕方には函館の町に入る予定で出てきたのに、半刻ばかりもなにも見えない状態で立ち往生している。

「兎月、兎月」

懐でうさぎがわめいた。風のおかげで声を上げても辰治に聞かれるおそれはない。

「前方に建物の姿が見えた」

「ほんとか？」

「一瞬だったが大きな屋根があった。そこでしばらく風を避《よ》けよう。馬がとにかく限界だ」

「わかった」

兎月は辰治の腕を引いた。

「向こうに家が見えた。行こう」

「こ、こんなところにですか」

「ああ、まっすぐ前だ」

兎月と辰治は離ればなれにならないように、腕を組んで雪の中を進んだ。いったん離れるとまた互いを見つけるまでに時間がかかってしまう。頭の上から馬の鼻息が温かく吹きかけられる。

「よしよし、おまえもすぐに休めるからな」

兎月は馬の長い鼻をぺちぺちと叩いてやった。馬の長いまつげは真っ白になっている。いつも温かい体は冷え切っていた。

兎月たちがこんな場所で遭難しかかっているのにはわけがあった。

去年、川鱒屋《かわますや》のかどわかし事件があったとき、家に帰りたがらなかった子供が三人いた。その子供たちは大五郎に引き取られたが、今年に入ってそのうちの二人、おすずと留吉《とめきち》を養子にしたいというものが現れた。

それが函館の東、三森山《みつもりやま》の麓の村の地主、大場藤右エ門《おおばとうえもん》だった。

函館で口入れの稼業も行っている大五郎は、地主の藤右エ門に人足の手配をしたり、逆に人手を借りたりと親しく付き合っていた。藤右エ門は何度か組に顔を出しているうちに、子供たちのことを知り、引き取りたいと申し出たのだ。

藤右エ門夫婦には子供がおらず、組で掃除をしたりお茶を出したりしていた二人を健気に思い、なにかとかまっているうちに情が湧いたらしい。

大五郎はおすずと留吉に話をしてみた。家庭というものによい思い出を持っていなかった二人はためらった。

しかし、正月にやってきた藤右エ門の女房と一晩過ごし、実の親からは与えられなかった温かさを受け取った二人は、養子に行くことを決意した。

一月も終わる頃、雪もぐっと少なくなり、二人が旅立つ日が来た。ところがその前日におすずが足に怪我を負った。歩けないことはないが、連れて行くには大半は負ぶっていかなければならないだろう。

二人を送る役目だった辰治は、背負うくらい平気だと言ったが、それを聞いた兎月が馬で送ろうと申し出た。するとツクヨミも一緒に行きたいと言い出したのだ。

「我はほぼ函館の町しか知らぬからな。しかし函館と言っても広い。たまには知らない場所の菓子を食べ――いや、見聞を広めねば」

「いま、菓子って言ったよな」

「気のせいだ」

「しかし、その日のうちに帰れればいいが、泊まることもあるかもしれねえぞ。怪ノモノはどうすんだ」

「一泊くらい大丈夫だ。我の神使たちとて怪ノモノの一体や二体、抑えられる」

ツクヨミがそう言って神使たちを見ると、うさぎたちはみんないっせいに立ち上がり、

『ダーイジョーブ！』

『マカセロ！』

と、後脚を地面に打ち鳴らした。

そんなわけで子供たちを馬に乗せ、兎月と辰治は歩きで村を目指した。

到着すると藤右エ門夫婦はたいそう歓迎してくれた。その晩は、町中からの客人を珍し気に見に来た村人も一緒になって飲めや歌えやの大騒ぎとなった。もちろん甘いものも出たので、ツクヨミはうさぎの姿でそれを満喫した。

子供たちは宴席にはいなかったが、夜中、藤右エ門の女房に案内されて寝床に様子を見に行くと、二人は暖かな布団の中でぐっすりと眠っていた。子供たちの顔を穏やかに見つめている女房の表情を見て、兎月の胸の内も温かいもので満たされた。

翌日には、村でとれた大根やネギ、カブなどをどっさりと土産《みやげ》にくれ、村人総出で見送りをしてくれた。おすずと留吉は家の前で兎月と辰治に小さな袋を渡した。

「うさぎのおじちゃん。今日は節分なんだって。これ、お守り。持っていって」

袋を持つとざらりと中で豆が動く。

「そうか、もうそんな時期か」

「ほんとは親分さんと豆まきしようねって言ってたの」

おすずは涙ぐんだ。短い間だったが大五郎や組の兄さんたちに優しくしてもらった。その日々は大切な思い出となるだろう。

「辰治の兄ちゃん……親分さんに達者でねって」

留吉は洟をぐすぐす言わせている。

「おまえらも元気でな」

辰治も目元を赤くして留吉の頭をがしがしと撫でた。

「新しいお父ちゃんやお母ちゃんの言うこと、よく聞いて孝行するんだぜ」

「うん……」

村人たちも藤右ェ門夫婦も子供たちも、姿が見えなくなるまでずっと手を振っていてくれた。

兎月は懐の丸い重みに温かな気持ちになる。この豆を持って函館に戻り、お葉やおみつ、パーシバルと豆まきをすれば楽しいだろう……。

「来年は宇佐伎神社でも豆をまいてみるか」

ツクヨミは懐にいれた豆袋にあごをのせ、楽しげに言った。

そうして村を出たのが午後一時。だが、途中で急に空が荒れはじめ雪が降り出した。兎月たちは無理をせず、雑木林に入って木の下で雪を避けた。雪はたちまち道を消してしまう。

ようやく止んだので再び町を目指し歩き出したが、再び雪まじりの風に襲われた。風は細かな雪を巻き上げ、あたり一面を真っ白にして右も左もわからない。まるで白い闇だ。

吹きつける風は視界を奪うだけではなく、体温もどんどん奪ってゆく。兎月も辰治も馬も、もう半刻もしたら凍死するところだった。

「あ、ありました！　家です、先生！」

辰治が風の中で叫ぶ。

顔を上げると目の前に、牛がうずくまったような大きな屋敷が、黒々と偉容を見せていた。

一

なんとか入り口にたどり着くと、戸には外からも心張《しんば》り棒《ぼう》がかませてあった。つまり、いまこの家には誰もいないということだ。

心張棒を外し重い戸を開けて中に入ると、室内は真っ暗だった。足元は固めた土だったので土間だろう。暗いのは窓がすべて閉められているせいだ。

馬をいれて荷物や雪を落としてやる。辰治はあがり段から板の間へあがって薄暗い家の中を手探りで奥へと進んでいった。

懐からツクヨミうさぎを出すと、白い顔を上に向け、ふんふんと匂いを嗅いだ。

「ずいぶんと使われていない家のようだ。かび臭いし、湿気もすごい」

ツクヨミは辰治に聞こえないように囁いた。

「辰治についていてくれるか？」

兎月が言うと、ツクヨミうさぎは板の間にあがり、ひょこひょこと尻を振りながら辰治を追った。

兎月は自分の蓑から雪を落とすと、それを馬の背にかけてやった。

「藁でもあればいいんだが」

馬の鼻を抱きしめ体温を分けてやる。馬は甘えるように小さく鼻を鳴らした。

「うさぎの先生、囲炉裏《いろり》がありました」

辰治の嬉しそうな声が真っ暗な家の中に響く。

「そうか、使えそうか？」

「へえっ、今火を熾《おこ》しやす」

やがて暗闇に小さな火が灯った。辰治が持っていた火打石と火打ち金で切り火を作り、着け木に移したのだ。やがて大きく火が熾った。よく見ると、辰治は自分の襦袢《じゅばん》の袖をちぎって燃やしている。その明かりで周辺を探し、わずかばかりの薪を見つけてきた。

火のおかげで土間の奥にある台所も見えた。兎月はかまどを探り、そこから燃えさしの木々や炭を拾い集めた。ついでに鍋も見つける。幸い穴など開いておらず使えそうだ。

「辰治、鍋だ」

「助かります。鍋があれば雪を溶かしてお湯が沸かせやすね」

兎月は外の雪を鍋に山盛りいれ、辰治に渡した。辰治は鍋の取っ手を囲炉裏の上から下がっている自在鉤《じざいかぎ》にかける。囲炉裏に火が入れば土間も少しは暖まるはずだ。

兎月は雪を払って囲炉裏部屋へとあがった。入れ違いに辰治が台所へ向かう。

囲炉裏端《ばた》にはツクヨミ兎が白い餅のように伸びていた。前脚を火にかざし、白い額に炎の色を照り返している。

兎月はその横に腰をおろして長火箸で炭をつついた。パチンと火花が弾けて消える。

「あー、あったけえ……」

小さな炎がありがたかった。手を裏表とあぶり、温めた指先で頬を抱える。

「先生、いろいろ残ってましたよ」

辰治が柄杓《ひしゃく》とどんぶりをふたつ手にして戻ってきた。

「床や棚は埃だらけでしたが、中に入っていたものはきれいでした」

辰治は囲炉裏の前に座ると「寒い寒い」と手を火にかざす。

「あとでもらった大根でも煮ましょうか？　味噌や塩はありませんが」

「そうだな。腹の中から温められるのはありがたいな」

「もらったのは野菜だけでしたよね、肉は……」

辰治がちらっとツクヨミうさぎを見る。うさぎはぴくりと耳を立てると、跳ね起きて兎月の懐に飛び込んだ。

「まあこいつは勘弁してやってくれ。神社のうさぎだ。神罰がくだる」

兎月は苦笑してうさぎの狭い額を指でくすぐった。

ゴウゴウと風が呻《うな》る。みしみしと家が軋《きし》む。まるで大きな生き物が足で家を上から踏みつけて揺すっているようだ。

兎月たちは鍋に沸かした湯の中に大根やにんじん、ネギなどをいれ、それを食べた。野菜はどれも甘みがあり、ゆっくりと味わえばそれなりに楽しめる。

辰治は村でもらった節分用の大豆の袋を開け、それもぽりぽりと食べていた。

「今日はここで泊まることになるんですかねえ」

「風が止まなきゃそうなるだろうな。じきに日も暮れる」

「親分たちと節分したかったなあ」

辰治は豆をひょいと放って口に入れた。

「去年はやったんですよ、みんなで鬼の面を描いてね。一番下手なやつが鬼役なんで、みんな必死でしたよ」

辰治はくすくす笑う。大五郎組の仲のよさは昔かららしい。

「うさぎの先生……俺、さっき気づいてからどうにも気になるんですが……あれ、なんだと思います？」

辰治が笑みを消して部屋の隅を指さした。実は兎月も気にはなっていた。だが言い出すと確認しなければならず、黙っていたのだが……。

ツクヨミうさぎがもぞもぞと懐から頭を出してきた。

それは、藁で編まれた筵《むしろ》でぐるぐると巻かれた細長いものだ。長さ的には大人の男くらいある。しかも一部に黒くにじんだものまで見える。

「ああ、あれなあ」

兎月はいやいや立ち上がった。

「気になるよなあ」

兎月と辰治は筵のそばに立った。

「開けますよ」

「ああ」

縄で縛られた筵の上に、鰯《いわし》の頭とヒイラギが置かれている。どちらも節分のときに家の前に飾るものだ。

辰治は鰯とヒイラギを床に置き、縄を解き始めた。三カ所を厳重に縛られているそれを解くのは大変なので、一番上だけ解いた。

「……」

辰治が筵の端を持って兎月を見上げる。兎月はうなずいた。

思い切って開くと、中には予想したものがあった。

男の死体だ。

「うへえ」

辰治はうんざりとした声を上げた。彼も予想していたのだろう、声に驚きはなかった。

「こいつは斬られてるな」

兎月は膝をつき、筵をもう少し開いた。肩を押して背中を見る。

「刀傷だ。背中から――逃げているところを斬られたな。しかし下手くそな手筋《て》だな」

「そうなんですかい？」

「ああ、刀の先っちょだけでいくつもかすっている。まともに剣術を習ったことがないやつだろう。それでも数が多いから血が流れすぎて死んだんだ」

男はまだ若く、二十代に見えた。髪型や着物の誂えで農民だとわかる。

「百姓がなんで刀で斬られているんだ……？」

そもそも今の時代に刀を下げている武士はいない。

「百姓同士で喧嘩したんじゃないですか？　だったら剣術が下手なのも道理ですぜ」

「百姓が刀を持っているか？」

「食えなくなった武士が刀を売るってこともあるんじゃないですかね」

辰治はそう言って、「すみません」と頭を下げた。

「いや、気にするな。禄《ろく》がもらえなくなりゃなんだって売るだろうさ。しかし、手当てしたあともなさそうだな」

「見つかったときはもう死んでいたのかもしれません。そんな場合は骸《むくろ》にふれないように、そのまんまにしておいて巡査に引き渡すんですよ。検使医員てのが検分するんで」

「そうか」

兎月は筵を元に戻して縄を軽く縛った。

「こいつは隣の部屋にでも置いておきます。温まって腐っちゃいけねえ」

「そうだな」

辰治は筵に包まれた死体の足部分を持ってひきずった。

死体の置いてあった場所に血のあとがべったりと残っている。兎月はそれを指で擦ってみたがもう乾いていたので、運ばれたのは昨日の夜か朝のうちなのだろう。

「それにしてもなんで空家《ここ》に死体を置いているんだ？」

ツクヨミうさぎが懐から出て、血の痕を恐ろしげに見た。

「もしかしたらこの家は忌家《いむや》なのかもしれない」

「忌家？」

「村や人にとってよくないものを置いておく家だ。殺された死体なんて村には置いておきたくないだろう」

「ふうん……」

兎月はぐるりと家の中を見回した。

「こんな立派な家をそのためだけに建てたっていうのか？」

「いや……それにしては食器や鍋があるのは妙だ……」

「どっちなんだ」

辰治は戻ってくると不思議そうに聞く。

「先生、今、誰かと話していました？」

「あ？　いや、独り言だ」

「そうですかい？」

辰治は疑り深そうに兎月を見る。

「ええっと……うさぎに話していたんだ。考え事をするとき、なにか相手がいた方がまとまるからな」

兎月は床の上のうさぎを抱き上げる。

「そんなもんですかね」

納得した様子の辰治が囲炉裏端に座る。乱暴に懐に押し込まれたツクヨミは、抗議のためか後ろ脚で兎月の腹を蹴った。

「そういや先生、これ……」

辰治が囲炉裏越しに手を伸ばしてきた。指先に紙が一枚摘まれている。ずいぶんと、しわくちゃだった。

「なんだ？」

「ホトケさんのたもとから出てきたもんです」

「おまえ……」

兎月が睨むと辰治はあわてて手を振った。

「違いますよ、懐とか漁《あさ》ったわけじゃありやせん。引きずったときに縄が緩んだんで結び直したんです。そのとき出てきて。ずいぶん固く小さく丸められてて、最初はゴミだと思ったんですが」

兎月はその紙を見た。それはどこかの屋敷の図面のようだった。

「なんだ、でかい家だな」

「へえ、それ、上の方に『〇』に『半』ってあるでしょう？」

辰治の言うとおり、右上に半という文字が丸く囲まれている。

「それ、まるはんの店じゃないかと思うんですよ」

兎月は目を上げた。脳裏に通りに面した大店《おおだな》が思い浮かぶ。

「まるはんってあのでかい青物問屋か？」

「へえ」

「なんで百姓がこんな図面を……」

兎月は首をひねった。しかし考えてもわからない。兎月は紙を畳むと辰治に渡した。

「なんにせよホトケさんの持ち物だ。戻しておけ」

「へい」

辰治は受け取ると、もう一度死体を置いてきた部屋へ向かった。

兎月は弱くなった囲炉裏の火に薪を足した。

囲炉裏の火に暖められ、いつのまにかうとうととしてしまったようだ。

兎月が気づいて顔を上げると、対面にいる辰治もこっくりこっくりと大きく船を漕いでいる。

耳をすますと、風の音はだいぶ小さくなっていた。

兎月は立ち上がって窓の戸を押し上げた。外はすっかり暗くなっている。なだらかな雪の平野は暗がりに消え、空はぼんやりと灰色で、星ひとつ見えない。分厚い雲が垂れ込めているようだ。

「出発できるかね」

兎月が言うと、ツクヨミが懐から顔を出した。抱き上げて窓から外を見せる。うさぎは鼻をぴくぴくと動かしていたが、やがて頭を振った。

「風は止んだがじきに雪が降ってくるだろう。朝まで待ったほうがいい」

「やっぱりか」

兎月は重苦しい空を見上げた。たっぷりと雪を抱えた雲だ。今はきんちゃくの紐をしめているようだが、いつ大盤振る舞いされるかわかったものじゃない。冬の天気は――特に山ではひどく変わりやすい。

「先生……？」

背後から寝ぼけた声がかけられた。振り向くと辰治が大口を開けてあくびをしている。

「風、やんだんですか」

「ああ、だがじきに雪が降ってくる。やはり朝までここにいなきゃならないようだ」

「そうですか」

兎月は囲炉裏に戻って火箸で火の中をつついた。

「心許ないな。もう少し薪がほしい」

「これだけしかなかったんですよ。あとはあのホトケさんの筵でも焼きますか」

「ぞっとしねえな。仕方ない、どっか小さい部屋の戸を拝借しよう」

「壊すんですか？　怒られやせんかね」

「生きて帰れればいくらだって怒られてやるよ。たぶん、朝になればあの死体を持ち込んだやつらも来るだろう。そしたら謝って弁償するさ」

そういうわけで兎月と辰治は屋敷の中をうろうろと歩き、適当に襖や戸板を外してきた。土間に斧があったので、それで細かく切って焚きつけにする。

「おお、勢いが違え」

襖の紙はよく燃え、二人は顔を見合わせて笑った。

今までずっと唸っていた風が途絶え、今はしんと重い静けさが屋敷の上にのしかかっている。

その中で火のはぜる音が心地よい。

大昔から人はこうして火のそばでぬくもりとやすらぎを享受していたのだろう。

「こんなに静かだといろいろと考えてしまいやすね」

沈黙を嫌ったのか、辰治が明るい口調で言った。

「いろいろ？　どんなことだ？」

兎月は辰治を気に入っている。組の中では下っ端だが、気もきくし、頭の回転も速い。なにかおもしろい話でもしてくれるだろうか。

「そうですね。実は風が止んだのは、この屋敷の上からすっぽり茶碗がかぶさっているんじゃねえかとか」

突拍子もないことを言う。

「誰もいないと見せかけて、なにかが屋敷の周りを取り囲んでるんじゃねえかとか」

「おっかないこと言うなよ」

「俺の親父が聞いた話なんですがね」

辰治は声を潜めた。

「用事で山を越えているとき、雪に降られてこんなふうに山小屋にこもったんですよ。そうしたら誰かが戸を叩く音が――」

辰治の父親の知り合いは、誰かが雪に迷ったのかと戸を開けようとした。だが、一緒に小屋にいた地元のものに止められた。

「よした方がいい、あれは雪ン子だ」

「しかし、人かもしれねえ」

開ける開けないと言い争っているうちに、戸を叩く音が壁の方に移動した。それから別の壁に、さらに隣の壁に、そして屋根の上に。

戸を叩く音はひとつではなかった。いくつも同時に叩いてきた。

知り合いもさすがにこれはおかしいと、地元のものと一緒に抱き合って震え上がった。

「そんで翌朝」

辰治がそっと言った。兎月の懐からうさぎが耳をぺたんこにして顔を出す。

「戸を開けて外に出てみたら……山小屋の周りに裸足《はだし》の子供の足跡がたくさんついてたんですって。それは小屋の周りをぐるぐる回って、どこからきてどこへいったのか、まったくわからなかったそうです」

とっぴんぱらりのぷう、と辰治は笑って両手を広げる。

「なかなかおもしろいじゃねえか」

兎月は小刻みに震えるうさぎの頭に手をやって撫でた。

「じゃあ俺もひとつ――」

兎月が言うとうさぎが暴れ出す。それを押さえ込んで、

「五稜郭で聞いた話だ。あそこにはあちこちから人が来てたからな、いろいろ聞いたぜ。ある藩の参勤交代の折、山道を通っていたら土砂崩れに巻き込まれて半分くらい藩士が死んでしまったんだってよ。それからその道ではいろいろと不思議なことが起こるようになったんだが……」

懐のうさぎを両手で押さえ込みながら兎月は続けた。

「ある雪の日に若者たちがそこを通った。彼らは昔そんな事件があったなんて知っちゃいない。雪の中でも元気だった。一人がふざけて雪玉を仲間に投げた。投げられた若者もすぐに雪玉を作って投げた。そうやってはしゃいで雪玉を投げ合っていたら、参加していなかった若者が仰天して言った。

『おまえたち、どうしたんだ、怪我をしたのか!?』

雪玉を投げ合っていた若者たちはきょとんとした。なんとその顔や体は真っ赤に濡れていたんだ。

そして彼らは気づいた。持っていた雪玉がいつしか死んだ侍の首になっていたことを……いてえっ！」

兎月はうさぎに指を噛まれて懐から手を出した。うさぎは兎月の胸を蹴って懐から逃げると、部屋の隅でぶるぶる震えている。

「なんだよ、怖い話、苦手なのかよ」

「うさぎが人語を解しますかね」

「さあな」

そのとき、土間の方でがたがたと戸を動かす音がした。雪山にまつわる怖い話をしていたせいで、兎月と辰治、もちろんツクヨミうさぎも体をこわばらせた。

馬が不安げにいななく。土間までは明かりが届かず、入り口あたりはよく見えない。

「な、なんでしょう」

辰治は膝をつき、腰を浮かした。そばにある薪代わりの板を手に取る。

「……見てくる、ここにいろ」

兎月は囲炉裏の中から火のついた薪を取り上げた。

「へい……」

ツクヨミうさぎはさっと辰治のもとに寄った。兎月はひとつうなずくと、足音を忍ばせて土間に降りた。

ひゅうっと冷たい風が一筋、兎月の髪を巻き上げる。入り口の重い戸がわずかに開いており、そこから風が吹き込んでくるのだ。

その隙間に白く細い指が差し込まれた。

ぞっとした。

兎月の脳裏に、やはり五稜郭の仲間に聞いた雪女の話が蘇った。

山小屋に避難した男を氷の息で殺してしまう雪山の魔女……じゃねえだろうな。

兎月は薪を握る手に力を込めた。

（大丈夫だ、雪の化け物でも怪ノモノでも、いざとなれば是光を呼んで……）

戸がもう少し引き開けられる。その黒い隙間に真っ白な女の顔が覗いた。

やっぱり雪女――――！

だが、次の瞬間、戸が大きく開き、蓑をまとった女が土間に転がりこんできた。かんじきを履き、厚手の布でほっかぶりをしている。

「よ、よかった。どなたかいらしたんですね」

女は土間の中の暖かな空気に顔を上げると大きく息をついた。

「あたしは熊谷村《くまがい》のおえんと言います。夫は、夫の佐平《さへい》はこちらにおりますでしょうか？」

二

雪女ではなかったことに安堵の息をつき、兎月はおえんと名乗った女の手を取って立たせた。

「あんたたちは村の人じゃありませんね？」

おえんは兎月と辰治を見て言った。おえんは農村の女にしては色白で、鶴のような細い体をしていた。濃い眉の下に切れ長の目。唇は椿《つばき》の花のようにぽってりとして、額に張り付いた長い髪が、どこかなまめかしい。

「ああ、俺たちは雪に巻かれてここに避難してきたんだ」

「そうだったんですね。村の人がこの家にいるはずないですものね……」

おえんは土間から囲炉裏部屋を見回した。

「あの、それでうちの人は――」

「いや、ここには俺たち以外誰もいねえぞ」

「そんなことありません、村の人たちがここへうちの人を運んだはずです」

おえんの言葉に兎月と辰治は顔を見合わせた。

「もしかして、ホトケさんのことかい？」

それにおえんは悲しげにうつむく。

「はい——うちの村ではこの時期に死んだものはみんな一晩ここに置くんです。うちの人は大怪我をして帰ってきて……昼前に息をひきとったんだそうです」

「そうか。確かにホトケさんはいるよ。だがその前に……」

兎月が言う前に辰治が鍋から熱い湯をどんぶりに入れて持ってきた。

「まずは飲んで体を温めな」

器を渡すとおえんの固い頬がゆるんだ。ふうふうと息を吹いて冷まし、一口飲む。

「はあ……生き返る……」

おえんの口から出る白い息が土間に広がった。熱い湯がのどを過ぎ、腹に落ちて、内側から温め、冷たく凍った血を溶かす。それは女の目から涙となって溢れた。

「あ、あたし……用事で村を出てて……帰ったらうちの人が死んだって……お、お別れもさせてもらえんで……」

えっえっとおえんはしゃくり上げた。

「誰かに斬られたって……村長は明日、巡査が来るまで会わせられんて……あたし、あたしどうしても亭主に会いたくて……風が止んだからこっそり出てきて……」

女の涙は苦手だ。兎月は辰治に向かって大声を上げた。

「辰治、おまえ、ホトケさんを別の部屋に寝かせただろ。案内してあげてくれ」

「へい」

辰治が框にあがって「こっちです」と手を伸ばす。おえんは器を兎月に返すと、小さく頭を下げてあとに続いた。

「……やっぱりこの家は遺体を安置しておく場所だったんだな」

ツクヨミが懐から顔を出し、呟《つぶや》く。

「この時期、と言ってたな」

「うん。村には村の決まりがあるんだろう」

ガタガタッと戸が揺れた。上の方でギーイと木が軋む音もする。

「また風が出てきたようだな」

兎月は小さく窓を押し開けた。思った通り風が吹いている。しかも今度は雪も降り出した。氷の粒のような雪が目を刺してくるので、兎月は押戸を閉めた。

「あの人は運がよかったな。ちょうど雪の切れ目に来たらしい――」

ドタドタと大きな足音が家の奥から聞こえてきた。辰治が泡を食った様子で囲炉裏部屋に駆け込んでくる

「せ、先生！　ホトケさんが――死体が消えちまった！」

「なんだって？」


兎月が辰治と一緒に死体を移動させた部屋に行くと、からっぽの筵の前におえんが呆然とした顔で座り込んでいた。

筵と縄は引き裂かれたように藁があたりに散っている。

「どういうこった⁉　おまえ、確かにここに置いたんだな？」

「わ、わかりやせん」

辰治はぶるぶると首を振る。

「なんで……あんたぁ……」

おえんは口元を覆う。

「まさか、そんなこと……。あれはただの言い伝えじゃなかったのかい……？」

「どういうことだ？」

兎月はおえんのそばにしゃがんだ。

おえんは座ったまま兎月たちにうつろな目を向けた。

「あんたたち……ホトケの上にあったヒイラギと鰯の頭をどかしたかい？」

その声は深い井戸から響くように、かすれて恐ろしげなものだった。

「あ、」

辰治はこくこくとうなずいた。

「た、確かにヒイラギと鰯はホトケの頭のあたりに……」

「ああ……っ！」

おえんは胸を押さえて背を曲げる。

「ほんとだったんだ！　迷信じゃなかったんだ！」

「どういうこった。あんた、ホトケが消えたわけを知っているのか？」

「……逃げないと」

おえんはあわてた様子で立ち上がった。

「早くこの家から出ないと……っ！　あんたたちも！」

急いで部屋から出て囲炉裏端を過ぎ土間に降りる。しかし戸を開けると激しい雪風が
おえんの体を押し戻した。

「今、外には出られない。また吹雪《ふぶき》だ」

「吹雪なんて！　カジリに襲われるよりましだよ！」

雪の中につっこんでいこうとする女の体を兎月は押さえた。

「ちょっと待てよ、どういうことだ」

「死体がなくなっちゃったじゃないか、カジリだよ！　ああ、こんなの昔話だと思ってたのに、ほんとだったなんて！　せめてヒイラギと鰯さえちゃんとしとけばあたしは佐平にお別れを言えたのに！　あんたたちのせいで！」

「待てって！」

兎月は暴れる女を押さえつけ、囲炉裏端に戻した。

「落ち着け、今外に出たら遭難する。せめて風が吹き去るまで待て！」

「だ、だけど」

ゴウッと風が唸り、おえんは体を震わせて兎月に身を寄せた。

「おまえが雪の合間をぬってここまで来られたってことは、村は近いのか？」

おえんはうなずく。

「四半刻もあれば……」

「よし、風が弱くなったらすぐにおまえを送っていってやる。だからもう少し待て」

「でも……」

「カジリってなんだ？」

兎月のその言葉におえんは肩を大きく震わせた。

「カジリは……」

「とにかく火のそばに来い」

兎月は力をなくしたおえんを強引に囲炉裏の前に座らせた。もういっぱい柄杓で湯を汲み、おえんの手に器を持たせる。

「死体がなくなったのとそのカジリっていうのは関係があるのか？」

「熊谷村で……ずっと言い伝えられているんだ」

おえんは器を両手で抱えた。

「熊谷村じゃあ、今の時期に死んだものはカジリに食われるって言われてたんだ。ヒイラギと鰯を載せて置けば魔除けになる、カジリも寄りつかない。だけど近くにいると死体と間違われて襲われるかもしれないから、村から離れたここへ置いておくんだ」

「カジリっていうのは妖怪みたいなもんか」

「たぶん……。あたしも詳しくは知らない、あたしは熊谷村の出じゃなくて、吉田村《よしだ》から嫁に来たから」

「この家は死体を置いておくためだけの家なのか？」

「ここは……」

おえんはぐるりと壁や天井に首を回した。

「熊谷村の地主さまの屋敷だったんだけど、昔、ここで大勢死んだことがあるんだって。その、カジリに襲われて。それから誰も住まなくなった。村のもんたちもそういうことがあったから、集落をここから離したんだ」

なるほど、もしかしたら雪が溶ければこの家の周辺から廃屋がたくさん出てくるのかもしれない。ここは大きな屋敷だから屋根が見えていたが。

「うちの人がいなくなったなんて、あんたたちの仕業じゃなきゃ、カジリに連れていかれたとかしか」

「まあ待て。もしかしたら息を吹き返したのかもしれないじゃないか」

言いながらそれも無理があるなと兎月は思う。確かにあのとき筵から見えた顔は死人のものだった。それに刀傷……。

「佐平が誰に斬られたかはわからないのか？」

おえんは首を横に振った。

「うちの人は今の時期は町に干した薬草なんかを売りにいくんだ。昨日から函館の町に行ってて。それが突然血塗れで戻ってきたって……。村に入ったとたん、倒れてことされたって言ってた。あたしは一番下の妹が子供が産まれるっていうんで手伝いに実家に戻ってたんだ」

「子供は産まれたのか？」

「それは無事にね……。お祝いに酒だってもらってきた。うちの人と飲もうと思って楽しみにしてたのにこんなことになるなんて」

おえんがまた涙をにじませる。

「殺されただけじゃなくてカジリに連れてかれるなんて……ひどいよ、こんなことってないよ……」

「カジリは死体を襲ってどうするんだ」

兎月の言葉におえんはうつろな目を向けた。

「そりゃあ名前の通りだよ……頭からかじるんだ……」

突然ドンドンッと激しく戸を叩く音がして、兎月もおえんも飛び上がった。うさぎが懐から弾丸のように飛び出し、部屋の隅まで走ると急いで戻って兎月の肩を踏み台に頭まで上る。

「ちょ……おちつけ」

兎月は頭の上のうさぎを引きはがすと懐に押し込んだ。

戸はドンドン、と規則正しく叩かれている。

「誰だ……」

立ち上がろうとした兎月をおえんがたもとを摑んで引き留める。

「カ、カジリだよ！　だめだよ！」

「雪に迷った人かもしれねえだろうが」

言いながら兎月はさっき辰治が話した雪山の怪談を思い出す。あんな話をおもしろがってするんじゃなかった、と後悔した。

兎月は辰治を見てあごをしゃくった。辰治は「ええっ」と声には出さなかったが首を絞められたような顔をする。さらに睨むと青い顔をしながらしぶしぶ立ち上がり、土間に降りた。手には薪を握っている。

「……」

おえんは荒い息をして兎月の右腕を抱えている。

「……誰でえ」

辰治が戸の外に呼びかけた。

「――開けてくれ、警察のものだ」

外の声ははっきりとそう言った。

「警察？」

辰治は驚いて兎月の方を見た。兎月がうなずくと急いで戸を開ける。

雪と一緒に蓑をまとった洋装の男が二人、倒れ込むように入ってきた。

「いや、助かった！　雪が止んだからと思って出てきたらまたひどい吹雪になった！」

男たちは蓑から雪をバサバサと落とすとそれを外した。

蓑の下は確かに警察の巡査の格好だった。金ボタンの並ぶ外套《がいとう》に黒い制帽、一人は身分が高いのか、外套の下に洋剣を下げているのが見える。もう一人は官棒と呼ばれる木の棒を持っていた。二人とも立派な髭をはやしていたが、それは白く凍り付いている。

「熊谷村に行ったら殺された男がここに運ばれてきたと聞いた。それでホトケさんを検《あらた》めにきたのだ」

二人のうち、四十代と見える巡査が愛想よく言った。もう一人はぐっと若く、辰治くらいだろうか、髭が似合っていなかった。

「ホトケさんはどこだね」

「いや、それが」

辰治は困った顔で言った。

「俺たちもどういうことだかわかんないんすけど、……ホトケが消えちまいやして」

「なんだって？」

「最初確かにホトケさんはあったんですけど、いまはなくなっちゃって」

「ふざけるんじゃない。ホトケが生き返ってかくれんぼうでもしてるっていうのか」

「先生ぇ」

辰治はどうにかしてくれというふうに兎月を振り返る。

「そいつの言うとおりだよ。俺たちが来たときにはホトケは筵にくるまっていた。それをこの部屋から別の部屋に移動させたんだが、……さっき見たらいなくなってたんだ。さっぱりわからねえ」

「それがほんとだとしたら、ホトケは生きてたんじゃないのか」

さっきの兎月と同じことを言う。確かにその方が怖くないし理屈にあっている。だが。

「いや、死んでた。それは確実だ」

「いいかげんにしろ！」

とうとう巡査は癇癪《かんしゃく》を起こしたらしい。

「ふざけたことを言っとらんで、さっさとホトケのいるところに案内しろ！」

巡査に怒鳴られ辰治は首をすくめた。情けない顔でこちらを窺う。

「仕方ねえ、辰治。巡査ドノをホトケがいた部屋に案内しろ。あとはお捜しいただくさ」

「へい……」

辰治が土間からあがり「こっちです」と巡査たちに言う。巡査は藁靴を脱ぐと、ドカドカと音を立ててあとに続いた。

「仕事熱心なこった」

兎月は吐き捨てた。おえんは不安そうな顔をして土間に落ちた雪を見つめている。

「どういうことだ！」「貴様ふざけるな」と奥の方から怒鳴り声が聞こえてきた。からっぽの筵を見たのだろう。巡査たちが囲炉裏部屋に戻ってきた。

「おい！　死体はどこだ！」

二人のうち、年かさに見える男が兎月の着物の襟を摑む。

「だから言っただろ、わかんねえって。あそこまで動かしたのは俺たちだが、そのあとは触っちゃいねえ」

「貴様……っ」

巡査は怒りに顔を赤くしていたが、そのときようやく兎月の後ろで青ざめている女に気づいたようだった。兎月の襟を摑んだまま首をかしげる。

「その女はなんだ？」

「あ、あたしは死んだ佐平の女房でおえんと言います……」

おえんは小さな声で答えた。

「女房だと？」

巡査は兎月から手を離し、おえんに向かった。

「女房なら亭主のことは知ってるだろう！　亭主をどこへやった！」

「知りません、あたしだってここへ佐平に会いにきたんです！　でもいなくなってて……きっとカジリに連れていかれたんです！」

「カジリだと、なんだそれは」

「おえんさん、ややこしくなるからそれは言わない方がいい」

兎月が小声で言う。巡査は兎月を無視しておえんの両肩に手をかけた。

「亭主の最期を看取ったのか、亭主はなにか言ってたか？　なにか渡されなかったか⁉」

「いいえ、いいえ！　あたしは亭主の最期に間に合わなかったんです。あの人をひとりぼっちで死なせてしまった、だからここまできたのに……っ」

わあっとおえんはまた泣き出した。

「どうしていないの、佐平！　あんた！　どこへいっちゃったの！」

「おい、女を泣かすなよ」

兎月は巡査の手からおえんを引きはがした。

「あんたたちも落ち着け。とにかく熱い湯でも飲んで少し温まれ」

兎月が言うと、二人の巡査は憎々しげな目を向けてきた。しかし凍えた体に熱い湯は魅力的だったのか、どかりと囲炉裏の前に腰をおろした。

すかさず辰治が湯をいれたどんぶりを渡す。熱い湯を飲むと、さすがに強面《こわおもて》の巡査たちの顔も弛《ゆる》んできた。

「とにかく俺たちもなにがなんだかわからねえんだ。しばらくここであったまっててくれ。俺は厠《かわや》にいってくるからよ」

兎月は辰治に細い薪に火をつけたものをもらうと部屋を離れた。囲炉裏部屋から出ると、とたんに凍り付きそうなくらい寒い。

雨戸を閉め切った家の中は真っ暗で、小枝の先に火をつけただけの灯りでは自分の周囲がぼんやり浮かぶ程度だ。厠の位置は来た当初に確認しておいたからなんとかわかるが、他の部屋は闇の中に溶け込み、どこにつながっているのか、広さもわからない。

「どう思う、ツクヨミ」

兎月は懐に手を入れて言った。その指の上にうさぎがちょこんとあごをのせる。

「佐平の遺体が消えたことだが……怪ノモノの仕業《しわざ》とは考えられないか？」

ツクヨミが赤い目をこちらに向けて言った。

「カジリってのが怪ノモノだって？」

「怪ノモノは虚ろに入り込む。この時期だけというのがよくわからんが、死体に入って操るということもあるぞ」

「ああ、こないだの小雪《こゆき》ちゃんのおっかさんか……」

兎月は年末に起こった事件を思い出した。母親の死を認めたくなかった娘の辛い事件だ。今は許婚《いいなずけ》と一緒に悲しみを乗り越えようとしている。

「カジリが怪ノモノなら俺が斬れるな」

「ああ。だが、他の人間に危害を及ぼさないようにしないとな。今は四人もいるから」

「そうだな。しかし、この家は部屋数が多い。どこかに潜んでいたらわからねえ。みんな一ヶ所に固まっていてもらった方がいいな」

厠に入ると窓の桟に火のついた枝をはさむ。便器はなく、ただ穴のあいた板が渡してあるだけで、中からホトケが手を伸ばしてきたらどうしようかと怖いことを考えた。

しかし、そんなこともなく、無事に用を足して廊下に出たとき、兎月はつま先でなにか小さく軽いものを蹴飛ばした。それはカラカラとかわいらしい音を立て、どこかの壁にぶつかって、チンと金属の響きを上げた。

「なんだ？」

兎月は炎を床に近づけた。キラリと光が跳ね返る。そこに灯りを向けてみると、丸くて小さなものが落ちていた。

「こいつは……」

「なんだ？」

ツクヨミが兎月の手の中を覗き込む。

「なんだ？　これ」

ツクヨミは知らなかったらしいが、兎月にはそれがなんだかわかった。

「なんでこれがこんなところに……」

「兎月！」

ツクヨミがぱっと顔を上に向けた。

「なにかいるぞ……！」

「え？」

ツクヨミの緊迫した声に兎月は持っていた薪の火を天井に向けた。炎が弱々しい光を上部に届ける。その光の中に――、
目があった。

こちらを逆さまに見つめている目。

廊下の天井に両腕と両足をつっぱらせて仰向けになり、首をガクリと折ってこちらに

向けている——これは行方不明になったホトケだ。おえんの亭主の佐平だった。

「うわっ！」

さすがに驚いて兎月は声を上げてしまった。

それを聞いた佐平は、まるで蜘蛛《くも》が逃げるように手足を使って天井を移動して行った。

「ありゃあ……」

「まずいぞ」

ツクヨミが後脚で兎月の腹を蹴る。

「囲炉裏部屋へ向かったんじゃないのか」

「——！」

兎月は廊下を走り出した。

三

兎月が囲炉裏部屋に駆け込むと、その勢いに囲炉裏を囲んで座っていた四人が驚いた顔をこちらに向けた。

「佐平がいた！」

兎月は入り口で叫んだ。四人の無事な姿を確認してほっとする。

「なんだと、どこにだ」

すぐに反応したのは年かさの巡査だ。辰治などはきょとんとしている。

「厠の前の――天井だ」

「はあ？」

「あれは佐平じゃねえ。なにかがホトケに入り込んでいる」

兎月はおえんに目を向けた。

「俺たちは怪ノモノと呼ぶがな。おまえたちにとってはカジリというやつか」

「カ、カジリ……ッ、ほんとに……!?」

「なにを言ってるんだ、きさまっ！　あの百姓が生きていたというのか！」

巡査が立ち上がって兎月の胸ぐらを摑んだ。兎月はその腕を押し返そうとして、はっと目を見開いた。

「あんた――それはどうした」

「あ？」

巡査は兎月が自分の洋装を見つめていることに気づき、眉を寄せた。

兎月は巡査の外套の前ボタンを指さした。

「ひとつ、足りないじゃないか」

確かに巡査のボタンは上から四つ目がなくなっている。

「し、知るか！　どこかで落としたんだろう」

「これ、あんたのだよな」

兎月は手の中に握っていたものを見せた。そこには金色の丸いボタンが光っている。

巡査は驚いて目を見張り、兎月から身を引いた。

「これを、どこで」

「厠の前だよ。たぶん、佐平が持っていたんだ」

「なに……っ！」

兎月は一歩で巡査に近寄ると、その体を壁に押しつけ、外套の下から洋剣を奪った。

「なにをする！」

鞘から刃を抜き出し、囲炉裏の火にかざす。ところどころに黒い汚れがついていた。

「ずいぶんと手入れの悪い刀だな。最近なにを斬った。人か？」

兎月は巡査の鼻の下に刃を突きつけた。

「や、やめろっ！」

「おかしいと思ってたんだ。巡査は明日来るとおえんさんが言ってたからな。函館の町に誰かが走ったとしても、あんたたちの到着は早すぎる。いや、あの吹雪で足止めされたのだとしたら、あんたたちにとっては遅すぎたんじゃないのか?」

「うう……」

「貴様ら、ほんものの巡査か?」

「そこまでだ!」

背後から声がした。肩越しに振り向くと、もう一人の巡査がおえんをはがいじめにして匕首《あいくち》を突きつけている。

「女を殺されたくなかったら兄貴を離せ!」

兎月はそばに突っ立っている辰治を睨んだ。

「おめぇ、ぼけっとしやがって……」

「す、すいやせん!」

辰治はおえんと兎月とをおろおろと見比べた。

「やっぱりおまえら偽巡査だな。警察が女を人質にとるなんて聞いたことがねえ」

兎月は鼻先で笑った。

「兄貴を離せって言ってるんだ! 女をぶっ殺すぞ!」

若い方の巡査——いや、巡査姿の男が刀をおえんの首に乱暴に寄せた。刃が滑り、薄く傷がつく。おえんはぎゅっと目を閉じていた。

「そういうことやってる場合じゃねえぞ、怪ノモノが――カジリが来るんだ」

「うるさいっ、さっきから……っ」

男はどなろうとして「ひっ」と息を呑んだ。自分の背後を見ている男の視線に、兎月は振り返った。

そこには青白い顔があった。兎月が開けたままにしていた戸口の上から、逆さになって覗き込んでいる。

「あ、あんた!?」

男の腕の中でおえんが叫んだ。

佐平の体がどすんと床に落ちてきた。仰向けに落ちた佐平は手足をバタバタと動かした。まるでひっくり返ったコガネムシのように。

その体が勢いよく回転し、うつぶせになる。佐平は両手足を床につけ、平たい体勢でおえんと男に向き合った。

それは死体だった。生きていないことはその顔でわかる。表情が抜け落ち、濁った白い目が天井を向いている。

「な、なんだっ、てめえっ！」

男が恐怖の声を上げた。佐平はそのままの姿で跳躍し、男に飛びかかった。

「ぎゃあっ！」

男の匕首が佐平の胸に刺さる。だが佐平はそのまま男を床に倒し、首筋にかじりついた。

「ひいいっ！」

一緒に床に転がったおえんが笛のような声を上げる。

「辰治！　おえんさんを！」

兎月は怒鳴ったが、辰治は「へい……へい……」と返事をするばかりで腰が立たないようだった。

「くそ！」

兎月は押さえていた巡査を後ろに放り、おえんのもとに駆けつけた。

「立て！」

「ああ、佐平……あんた……」

「あれはもうおまえの亭主じゃねえ！　辰治！　おまえも動け！」

「へ、へいっ！」

辰治は床に張り付いていたようだった足をようやく動かした。

「奥の部屋へ行け！　早く！」

兎月は辰治におえんを任せ、三人を部屋から出させた。

佐平の体の下で、偽巡査の足がバタバタと床を打っていた。なにをされているのかは、広がっていく血が教えている。

「兎月、是光を呼べ」

「言われなくとも」

兎月は右手を上に上げた。

「来い！　是光！」

陰のできない白い光が兎月の上に現れる。それは細長く姿を変えたかと思うと、一振りの刀となって兎月の手の中に収まった。

「こんな遠くまでご苦労さんだなあ！」

兎月は叫ぶと佐平の体に刀を振り下ろした。だが刀はどすん、と佐平の肩に受け止められてしまう。

「えっ？」

「ええっ!?」

兎月とツクヨミは同時に声を上げた。是光は怪ノモノだけを斬る刀。怪ノモノ以外のものには木刀のような衝撃を与えるだけだ。

「こいつ、怪ノモノが取り憑いているんじゃないのか！」

佐平がゆっくりと振り返った。その顔にはなんの表情も浮かんでいない。ただ虚ろなだけだった。口元が真っ赤になっている。

それが倒れている男の血であることは、男の首から溢れている血でわかった。

「カジリ……」

ツクヨミが呆然と呟く。

「カジリとは怪ノモノではなかった。また別な化け物なのだ」

「なんだよ、そりゃあ。怪ノモノじゃなきゃどうやって……」

佐平、いや、カジリが飛びかかってきた。兎月は是光を振り回し、その体を壁に叩きつける。だが、痛みも感じないらしく、すぐに跳ね起きて再び向かってくる。

「くそっ！　なんだ、こいつ！」

体に触れる前に再び剣を叩きつけた。カジリの動きは単調だ。考える力がないようにも思える。

「兎月！　あの男が生きてる！」

ツクヨミが叫ぶ。床に倒れていた偽巡査がびくびくと体を動かしていた。

「生きて……？　いや、」

首から大量の血を流したまま、恐怖と絶望に彩られた表情のまま、男が床に這う。ぎくしゃくとした動きは下手なカラクリのようだった。

「生きてねえ！　こいつもカジリだ！　カジリになった！」

兎月は飛びかかってきた佐平を受け止め、男の上に投げ捨てた。二人は絡まり合い、土間に落ちた。

「いったん、逃げるぞ！」

兎月は廊下に出ると戸を閉めた。ほぼ同時にダァンッとなにかがぶつかった衝撃を受ける。それはなんどもぶつかり戸を揺すったが、開くことはなかった。

「もしかして、開けられないのか？」

兎月はそろそろと戸から手を離した。しばらく見ていたが、やはりぶつかってくるだけで戸を引くということができないらしい。

念のため、隣の部屋の戸を外し、斜めにたてかけた。ぶつかられて戸が外れるのを抑えるためだ。

走っていくと部屋のひとつから辰治が顔を出す。

「先生！　こっちです」

走り込んで襖を閉める。見ると部屋の隅に巡査がおえんを抱え込み、その首に匕首を当てていた。

「……」

兎月は再び辰治を睨んだ。辰治は小さくなり、ぺこぺこと頭を下げる。

「そんなことしている暇はねえぞ」

兎月は巡査に声をかけた。

「やつら、今は戸を開けられねえが、どんな拍子でこっちに出てくるかわからねえ」

「……ありゃあ……あれが……カジリ、か？」

おえんから聞いたのか、巡査は青ざめた顔で言った。

「たぶんな。俺たちの知っている怪ノモノとはまた違うらしい」

「弥助《やすけ》は……どうなった」

「おまえの相棒か？　食われて……それからカジリになったよ」

「……くそっ！」

男は匕首を投げ捨て、頭を抱えた。おえんが急いで兎月のそばに這ってくる。

「おい、偽巡査。名前は？」

「……」

「おまえはなんでおえんさんの亭主を殺したんだ」

おえんがはっと顔を上げる。その目に見つめられ、男はがっくりとうなだれた。

「あいつが……函館の宿で俺たちの計画を盗み聞きしやがって……俺たちはこの格好で大店の情報を集めてたんだ。それでやっと手に入れた図面を奪って逃げやがって……だから」

「洋剣で切りつけたが逃げられたんだな」

男は両手でざりざりと短く刈った頭を撫でまわす。

「追いかけたが途中で見失って……そのうちに天気が悪くなって神社でやりすごしてたんだ。やっと村を見つけて聞いてみたらホトケはそのままここへ運んだと言われて」

「なるほどな。悪いことはできねえもんだ」

「ひどい」

おえんは偽巡査に摑みかかった。

「そんなことのためにうちの人を……っ」

男はおえんに揺すられ爪を立てられても抵抗しなかった。ひどく疲れた顔でどこか遠くを見ている。

「おえんさん、こいつはあとで警察に突き出す。その前にカジリだ」

兎月はそっとおえんの体を背中から抱き、男から離した。

「あいつは俺でも斬れねえ。ここから逃げるしかねえぞ」

兎月はおえんを見下ろした。おえんは力が抜けた様子でぐったりと床にうずくまっている。

「おえんさん、カジリについて知ってることを教えてくれ。あいつを殺すことはできないのか？」

「カジリは……」

おえんは弱々しく首を横に振った。

「あまりよく知りません。この時期、死人をこの家に連れていくとしか。ただ、朝になれば消えると言われとります」

「朝か」

耳をすませば外で風が唸っている音と、カジリが戸に体をぶつけている音が聞こえてきた。

「この吹雪の中、外で逃げ回るのは無理だ……となれば、」

「あいつら外に追い出すんですね！」

辰治が言った。

「そうだ。入り口の戸は分厚いからいくらぶつかったってそうそう破れねえだろう。雨戸もみんな閉まってる。やつらは戸を開けるなんてできないようだった」

兎月は腰を浮かした。

「囲炉裏は確保したいからな。辰治、おまえはここでおえんさんを守れ。俺が行ってくる」

「いや、先生、」

その兎月の腕を押さえ、辰治が勢いよく立ち上がる。

「ここは俺に行かせてください。俺、さっきから失敗ばかりで、ぜんぜんいいとこ見せらんねえから。このまま帰ったら大五郎親分に叱られます」

二度もおえんを守れなかったことを情けないと感じていたらしい。辰治は必死な顔をしていた。

「やつら、動きは単純だがすばしこいぞ」

「俺だって組じゃ一番はしっこいって言われてます」

ムキになって言う辰治に兎月はしょうがねえな、と笑った。

「どうやって外へおびき出す？」

「いったん、裏口から出て表へ回りこんで誘ってみます。やつらが出たらすぐに戸を締めてください。俺はなんとか裏口から戻りますから」

言うだけなら簡単そうだが、外は雪と風で荒れ狂っている。雪をかきわけて歩くのも大変だろう。第一、寒さで凍死しそうだ。

「蓑がいるな」

「蓑は土間です。取りにいけません」

「そうか」

「大丈夫です、動き回ればそんなに……」

「おい」

声をかけてきたのは偽巡査だ。

「これを使え」

男は金ボタンを外して巡査の上着を脱いだ。

「着物の下にこれを着ていけ。けっこうしっかりした生地だから少しはマシだ」

そう言って辰治に放る。辰治は目を丸くして上着を受け取った。

「辰治、ありがたく使わせてもらえ」

「へ、へい」

シャツだけになった男は寒そうに腕を抱える。辰治は上半身だけ着物を脱ぐと、襦袢の上からその服を着た。

「へえ、ぴっちりしてらあ。これなら雪もはいらねえ」

辰治は珍しげにボタンを触る。

「この丸いのをこっちの穴に入れるんだな」

一人でうなずいて器用にボタンをとめてゆく。ひとつだけ空いているのはさっき兎月が突きつけた分だ。すっかりとめてしまうとその上に着物を着た。

「こりゃああったかい。動きやすくていいや」

辰治は両手で自分の胸を叩いた。

「助かるよ、巡査殿」

兎月が言うと、偽巡査はぷいっと横を向いた。

「吾介《ごすけ》だ」

「え？」

「吾介って言うんだ。万が一、化け物に食われたら墓に名前がいるだろう」

「……食わせねえよ」

兎月はにやりと笑った。

「おまえには佐平さん殺しの罪を償わせる」

おえんがはっと振り返る。吾介と名乗った男はその視線から逃げた。兎月がおえんの肩を叩くと目の縁を紅くしてうなずいた。

「……辰治さん、これを」

おえんは辰治のそばに寄ると、ほっかぶりに使っていた布を差し出した。

「足に巻いてください。藁靴もないでしょう？　直に雪を踏むよりはましかと」

「あ、す、すいやせん、おえんさん」

辰治は布を受け取るとそれを半分に裂き、腰を下ろして素足にぐるぐると巻き付けた。

「これなら百人力でさあ、一丁行ってきます！」

辰治は元気いっぱいに言うと部屋から出た。廊下の向こうでは相変わらず囲炉裏部屋の戸にぶつかる音がしている。

「行きます」

兎月と辰治は裏口の戸を開けた。細く開いた隙間から辰治が外へ飛び降りる。すぐに腰まで埋まってしまった。

それをかきわけ、進んでいく。じきにその姿は吹雪の中に消えた。

兎月は囲炉裏部屋の締め切った戸の前に立って待った。ドンドンとカジリたちが体をぶつける音、ガリガリと指でひっかいている音がする。

耳をすましていると、やがて向こうから戸の開く音と辰治の声が聞こえてきた。

「おーいっ！　こっちだ！」

そのとたん、戸にかかっていた圧が消えた。板の間を何かがバタバタと移動する音が聞こえる。

「ひい、ふう、みい……」

十まで数えて兎月は囲炉裏部屋の重い戸を思い切って開けた。

「……いない」

囲炉裏部屋から二体のカジリは消えていた。入り口の戸が開けっ放しになり雪が吹き込んでくる。つながれた馬は寒そうに足を交互に踏んだ。

「よし！」

兎月は飛ぶように囲炉裏端をつっきり、土間に降りた。入り口に駆けつけ外を見たが、吹きすさぶ雪風の中、カジリの姿も辰治の姿も見えない。

「……」

心配ではあったが兎月は入り口の戸を閉めた。中から心張り棒をかます。それから急いで裏口へ向かった。

「なにか手伝うか？」

吾介とおえんも駆け寄ってきた。

「ああ、戸を閉めたあと、それが壊されないように重いもので押さえておきたい。なにかあるか？」

「さっきの部屋に簞笥《たんす》があったぜ」

「よし、取りに行こう」

兎月と吾介は部屋に戻り、大きな簞笥を動かした。中の衣類などは片づけられていたが、飾り金具が取り付けてある大きな簞笥は、それだけでもかなりの重量があった。

二人がかりでそれをよろよろ裏口へ運び、戸を開ける。

とたんに雪が吹き込んできた。

待っていたが、辰治はなかなか帰ってこない。できるだけ遠くへおびき出しているのかもしれない。しかし、離れれば戻ってくるのがむずかしくなる。運が悪ければ迷ってしまうかもしれない。

「辰治さんはまだ……？」

おえんが寒さにガタガタ震えながら囁いた。

「ああ。ここが開いているのが見えないのかもしれない、囲炉裏から火を持ってきてくれないか？」

兎月の言葉に吾介がすぐに動いた。

「大丈夫なんでしょうか……」

「辰治は言ったことをきちんと実行する男だ」

雨戸に吹き込む雪風に、兎月は目を細めて外を見つめる。

「おい、火だ」

吾介が細い薪を何本かまとめて持ってきた。兎月はそれを持って大きく円を描く。

「辰治、ここだ。早く来い……！」

そのとき、兎月の懐の中でツクヨミうさぎが後脚で腹を蹴った。

「来たっ！」

兎月は吹きすさぶ吹雪の白い闇の中を凝視した。辰治はこの入り口が見えるだろうか？

火に気づくだろうか？

黒い影が近づいてくる。辰治か？　それともカジリか？

「中へ入ってろ」

兎月はおえんと吾介を戸のそばから引っ込ませた。風の中に火を突き入れると、炎がちぎれて消えてゆく。

「辰治か!?」

答える声はない。

「──カジリか?」

兎月はもう一度是光を呼んだ。斬れなくても殴りつけることはできる。是光にとっては不本意だろうが。

兎月が刀を構えたとき、もう片方の手で持っていた火がその影を照らし出した。辰治だ！

「辰治！」

兎月は雪の中に飛び出した。辰治は雪をかき分けながらノロノロと、しかし必死な形相で近づいてくる。その腕を摑んで引き寄せた。

「せ、せんせ……」

辰治はガチガチと歯を鳴らして呻いた。あまりの寒さに声も出なくなっていたようだ。

「早く入れ！」

入り口に押しやると、背後から雪に邪魔されながらもめちゃくちゃに腕を振り回しながら迫ってくる二体の死体が見えた。

「くそっ！」

辰治は裏口にうつぶせて倒れている。兎月はその体を引っ張り込んだ。開けていた戸を閉めようとしたが、桟に雪がついたか、途中で戸がひっかかって止まってしまう。

ダァンッ！　と死体が体を戸の隙間にぶつけてきた。兎月は足でその体を蹴った。すかさずツクヨミが懐から飛び出し、桟にたまった雪を小さな前脚でかきとる。

「兎月！　閉めろ！」

ツクヨミが叫ぶ。兎月は戸を両手で閉めた。ダンダンッと外で死体が体をぶつけているらしい音がする。やはり戸を開ける、ということはできないようだ。

兎月は部屋の中から引き出しておいた簞笥を、体全体を使って雨戸に押し当てた。カジリは同じ場所にしかぶつかってこないから、そこだけを補強しておけばいいだろう。

「辰治！　しっかりしろ」

兎月は辰治を背負って囲炉裏部屋に運んだ。火のそばに寝かし、濡れた着物をはぎとる。

「辰治さん！」

おえんと吾介も手伝った。氷のように冷たい体を三人でごしごしと擦る。うさぎも辰治の胸の上に座った。

「辰治！　湯だ、飲めるか？」

兎月は辰治の頭を支えて唇に器を当てた。辰治の口が動いてなんとか湯をすする。

「……あったけえ……」

辰治が呟く。三人とうさぎはほうっと安堵の長い息をついた。

「よくやった。これで朝を待とう」

「せんせい……おれ、やくに、たちました……?」

「ああ、十分だ。男を見せたな」

兎月が言うと辰治が頬を緩ませる。

「よかった……おやぶんにほめてもらえる……」

胸の上のうさぎが前脚でトントンと辰治の体を叩いた。口がきけていたら「よくやった」と褒めたいところなのだろう。辰治はのろのろと手を動かしてうさぎの体を抱いた。

四

兎月たち四人は囲炉裏を囲んで座っていた。辰治も今は体を起こせるほどに回復している。うさぎは相変わらず辰治の膝の上で彼を温めていた。

風はまだ唸り続けている。その中でカジリが雨戸に体をぶつける音が止むことなく聞こえていた。

おえんは固い表情のままうつむいていた。無理もない、一人は自分の夫だったものだ。

「早く……」

「ん？」

おえんの呟きに兎月は顔を上げた。

「早く、朝にならないかねぇ……」

朝になればカジリは去る。それを願うしかない。

「もうじきだ。がんばろう」

兎月は棚を壊して作った薪を火にくべて励ました。

「そうだ、おえんさん。いいものをやろう」

兎月は土間に降りて三森村でもらった土産の袋を開けた。中から節分用の豆を取り出す。

「町に戻ったら使おうと思ってたんだが、節分はもう終わりだしな。食ってくれ」

おえんの手のひらに小袋を載せる。おえんは手の中のざらりとした重みに目を閉じた。

「節分……毎年うちの人と豆を投げてたよ」

「そうか」

おえんは袋を開け、中の一粒を食べた。パキン、とおえんの口の中でかわいらしい音がする。

「来年からは一人で豆をまくんだね」

おえんの言葉に吾介が頭《こうべ》を垂れる。

「……すまねえ……」

おえんは答えなかった。答える言葉を持たなかったのだろう。

膝の上のうさぎの頭を撫でていた辰治が顔を上げた。

「なんか……音がしませんか？」

「え？」

「雪の固まり……？　かな？　どさどさって――」

そのあと突然ものが崩れる大きな音がして、屋敷全体が揺れた。

兎月は思わず床に手をついた。吾介が腰を浮かす。おえんの手から袋が落ちて豆が床に散らばった。

「な、なんだ？」

「ゆ、雪だよ！」

おえんが悲鳴を上げる。

「雪で家のどこかが崩れたんだ！　前にうちもそうなったことがある！」

「なんだと!?」

兎月と吾平は立ち上がり部屋を出た。廊下を走って音がした方へ駆ける。

「家が崩れたらそこからやつらが入ってくるぞ！」

「なにかで侵入路をふさぐ！」

ひゅっと冷たい風が顔に当たった。外の冷気だ。兎月たちは足を止めた。

おえんの言ったとおり、家の一部が崩れている。雪の重みに耐えかねて折れた木の幹が、壁を直撃していたのだ。そして、

「いるぞ！」

木の上に、崩れた壁の上に、二体のカジリが猫のような姿勢でうずくまっている。

「部屋に戻れ！」

兎月は吾介に叫んだ。同時にカジリが襲いかかってくる。兎月はとっさに是光を呼び、その牙を受け止めた。

「戸を閉めろ！　二人を守れ！」

兎月の言葉に吾介が走って戻る。兎月は是光をカジリの首に叩き込んだ。ゴキリと不気味な音がして首が折れる。だが、カジリは起きあがると、首を横に倒したまま、近

寄ってくる。

（どこか動く部分がある限り動いてくる。ならば）

兎月は身を低くして相手の腰に思い切り刀を叩き込んだ。カジリがふっとんで雨戸にぶつかる。腰の骨を完全に折ってやった。カジリはバタバタと足を動かしたが起きあがることはできないようだった。

「もう一丁！」

兎月は向かってくるもう一人の腰も強く打った。そっちは障子の方へ飛んで行き、ひっくり返る。

兎月は身を翻して囲炉裏部屋に走った。

閉まった戸を開いて中に駆け込む。すぐに閉めようと振り向いたとき、廊下をものすごい勢いで這ってきたカジリが兎月の右足を摑んだ。

「この……っ」

兎月は刀でカジリの腕を叩いたが、指は離れない。大きく口を開けたカジリの顔は笑っているように見えた。

「うおおっ！」

吾介が斧をかざし、カジリの腕に振り下ろした。腕は切り落とされ、兎月は反動で床にひっくり返る。

「あぶないっ！」

その背後からやはり這ってきたカジリが吾介に襲いかかった。吾介は斧を振ってカジリの肩に切りつける。だがカジリは斧を肩に食い込ませたまま、突進する。吾介を無視しておえんに向かって。

「あ、あんたぁ……っ！」

おえんがかすれた声を上げた。それはおえんの夫の佐平だった。

カジリはまるで妻を求めるように両手を伸ばす。おえんの体が誘われるようにゆらりと揺れた。

「だめだ！」

吾介が佐平の体を背後から抱きとめる。

「おえんさん、これはもうあんたの亭主じゃねえっ！」

佐平は腕を振り回しておえんを求める。吾介は全身でその体を押さえ込んだ。

「だけど、だけど……っ、この人あたしを――」

「あんたの亭主は死んだ！　俺が殺した！」

血を吐くような吾介の声に、おえんは「ああっ！」と顔を覆う。

「吾介っ、あぶない！」

兎月が床から叫んだ。腕を切り落とされたカジリが足だけで跳躍し、吾介の背中に飛びついた。

「うわあっ！」

首を噛まれた吾介が叫ぶ。血が勢いよく噴き出した。

「吾介！」

「ううぅっ」

しかし吾介は佐平を離さなかった。佐平は暴れていたが、ある場所でまるでやけどをした獣のように悲鳴を上げて飛び跳ねた。

はっとツクヨミがその場所を見ると、そこには節分の豆が散らばっていた。さっき、おえんがばらまいた豆だ。

「兎月！　豆だ！　こいつらは怪ノモノじゃなく、鬼だ！　鬼は――」

うさぎが兎月に飛びついて叫ぶ。兎月は床に滑り込んで豆を手の中にすくった。

「鬼は……っ！」

豆を佐平に投げつける。

「外ォッ！」

そのとたん佐平が悲鳴を上げて悶《もだ》えた。それはもう人の声ではなかった。

「出て行け！」

吾平の相棒にも投げつける。それもまた吾平から離れて土間に落ちた。

「おっ、鬼は外っ！」

辰治も豆を拾って投げつけた。カジリたちは土間に這い、戸口に向かう。

兎月は飛び降りて心張り棒をはずし、戸を開けた。

「鬼は外！」

二体のカジリが雪の外へ這い出してゆく。その姿はすぐに白い闇に呑まれて消えた。

「吾介！」

兎月は囲炉裏端に座り込んでいる吾介のもとへ駆け寄った。吾介は首から大量の血を流していた。

「しっかりしろ」

「俺はだめだ……」

吾介は首を振った。

「……じきに死んで……カジリになる」

吾介がしゃべると首から血がゴボゴボと溢れる。

「吾介、おまえ――」

「外へ……連れて行ってくれ」

兎月と辰治は顔を見合わせた。もう助からない――二人ともそれがわかった。

兎月と辰治は吾介を抱え上げ、土間に降りた。

「……ごすけ、さん……」

背中におえんの声がかかった。吾介は振り向かなかった。

「すまなかった、おえんさん……」

外へ出ると吾介は兎月と辰治の腕を振り払い、雪の中へよろめき出た。

「吾介……」

「名前、必要だったろ……？」

吾助が一歩、二歩とふらつきながら歩いていく。血の滴りもすぐに雪が隠した。

吾介は白い闇の中に去っていった。


「……鬼、か」

入り口の戸を閉め、心張り棒をかまし、兎月は呟いた。

「鬼は本当にいたんだな」

怪ノモノとはまた違う妖《あやか》しのもの。節分の夜に家々から追い出され彷徨《さまよ》ったものが虚ろの体に入り込むのか。それが熊谷村だけなのか、それとも、どこでも起こっていることなのかはわからない。

兎月は土間に落ちた豆を拾い上げた。是光でも斬れなかったものがこんな小さなもので追い払えた。言い伝えには意味があるのだ。

「兎月さん……吾介、さん、は……」

おえんが床に尻をつけ呆然とした様子で言った。

「いっちまったよ。警察に突き出せなくてすまない」

「いいえ……」

おえんはほつれた髪をかき上げた。寂しげだがどこかすっきりとした表情をしている。

「あの人、あたしを助けてくれた……」

「そうだな」

「亭主を殺したことは許せないけど……助けてくれたことは感謝してもいいよね」

「……そうだな」

兎月が答えるとおえんは両手をあわせてうなだれた。亭主のためなのか、吾介のためなのか、それとも二人のためなのか。

「先生」

辰治が囲炉裏に戻って座った。足首にくっついたままの手をなんとかはがそうとしていた兎月は「なんだ」とぶっきらぼうに答えた。

「俺、さっき変な声を聞いたような気がするんですけど」

「変な声？」

「甲高い、子供みたいな声……鬼は外、って」

兎月は思わず懐のうさぎを手で押さえた。うさぎはぷーっと不満の声を上げる。

「そりゃあ、あれだ。うちの神様だ」

「神様？」

「ああ、ついてきてくれてるんだ」

「へえ！　さすがですね、先生」

辰治は目を輝かせた。

「親分が、先生は神様から御用をいただいてるんだって言ってましたけど、ほんとなんですねえ。ありがてえなあ」

「お、おう」

兎月は辰治のきらきらした憧れのまなざしから顔をそむけると、囲炉裏の中に薪をつっこんだ。

落ちていた豆を火の中に放り込むと、火花が命の輝きのように、ぱちんと明るく弾けて散った。

終

朝になって兎月と辰治はおえんの案内で熊谷村にたどりついた。亭主がカジリになったことをおえんが話すと、村人たちは暗い顔つきで黙り込んだ。

雪山に消えた佐平、弥助、吾介の死体は、春になって雪が溶けるまで見つからないだろう。

おえんは兎月と辰治に何度も頭を下げた。これから村で女一人、生きていくのも大変だと思うが、彼女は気丈に笑顔を見せる。

「きっともう昨日のことよりつらいことはないと思います」

生きて帰ることができた、それだけでありがたい。

兎月と辰治はおえんに別れを告げ、函館の町へ戻った。

パーシバル邸では、アーチー・パーシバルが無事の帰宅を喜んでくれた。

「やれやれ、ずっとうさぎの振りをするのは疲れる」

神使のうさぎから抜け出たツクヨミは、カウチの上で大きく伸びをした。そこへ留守番で残っていたうさぎたちが駆け込んでくる。

『カミサマ　オソイ』

『ケノモノ　タクサン　タイヘンダッタ』

『ガンバッタ　ゴホウビゴホウビ』

周りを取り囲まれてぶーぶー言われ、ツクヨミは頭を抱えた。

「うるさい、うるさい！　こっちだって大変だったんだ！」

『ジゴージトク』

『イカナキャ　ヨカッタ』

ツクヨミはひらりとうさぎたちから逃れると、兎月の肩の上につま先で立った。

「わかったわかった。みんなよくやった！　よくがんばった！」

そう言うとツクヨミの体から、なにかキラキラと光るものが舞い散った。うさぎたちはそれを後脚で立ち上がって受けた。耳を下にさげ、恍惚《こうこつ》とした表情になる。

「アレはなんデスか？」

パーシバルが小声で兎月に聞いた。

「神使たちへの褒美だな。時々ああやって出してやってる。やつら、あれが好きらしい」

「猫におけるマタタビみたいなモノでしょうカ」

うさぎたちはそのうち床に足を投げ出してごろごろと転がり始めた。ツクヨミは彼らを踏まないようにテーブルから床に飛び降りる。

「アーチー・パーシバル、あれを食わせろ。丸くて薄くて甘いやつだ」

「はいはい、ビスキュイですネ」

パーシバルは丸い蓋つきの容器を差し出した。なかにたんまりとビスケットが入っている。ツクヨミはさっそくそれを抱え込んで両手で口に入れている。

兎月はソファにどさりと体を下ろし、背もたれに首を乗せた。

「なにか面白いことがありマシタか？」

パーシバルが興味深げに長い髪を揺らした。

「面白いことなあ……」

兎月はツクヨミと顔を見合わせた。動く死体の話をしたらこのアメリカ人はどういう顔をするだろう？

「まあいろいろあったけど、熱い茶でも飲みながら話すよ」

家の中で心安い人間と熱い茶を飲む。それが一番の幸せだ。

窓からは三森山が見える。あの麓の村で、おすずと留吉も新しい両親と一緒に茶を飲んでいるだろうか？　夫を失ったおえんも、今は家で温まっているだろうか？

そして雪の中に消えた吾介は、佐平は、弥助は安らかに眠れただろうか。

それぞれのものたちの行く末をティーカップの湯気の中に思い、兎月はふうっと息を吹きかけた。

恋、ふたつ

序

男は闇の中、ただひとつの蠟燭《ろうそく》が放つ暗い光の下でノミを振るっていた。

左手の下には憎い女の顔がある。明かりは弱々しくほとんど手元は見えなかったが、男には関係なかった。

彫り上げるべき顔は脳裏に焼き付いていた。目を閉じていたとしても彫ることができる。

――この顔。

手の下の女は微笑んでいる。

――この美しくおぞましい顔。

一彫りするたび、女の表情は艶《つや》めき、血が通ったかのように息づき始める。それとは逆に男からは生気が抜けてゆく。

――この顔が俺を破滅させた。

一目で心を奪われ、言葉を尽くし、あるだけの財を捧げ、言われるがままに罪を犯した。しかし、女はそんな男を手ひどく裏切った。

男は面打ちであった。無名だが美しい面を作っていた。

しかし女に心を奪われてから面を打つことができなくなった。面を打とうとノミを持つと、面となる材に女の顔が現れ男を誘う。乱れた心では面は打てず、男は呆然と日々を過ごすだけだった。

だが今は違う。面を打つ。彫り上げる。

憎い、愛しいあの女の顔を作り上げる。

さあ、この美しい女の面で皆破滅するがいい。自分のように全てを失えばいい。

呪ってやる。呪ってやる。

だれもかれも、この女に惑わされ地獄に堕ちるがいい。

男は打ち上がった面の上で自分の首を掻《か》き切った。血が面に滴り落ち、だがそれはすうっと面の唇に消えていった。面は血の色を浮き上がらせた赤い唇で確かに笑った。

呪いの面は男の恨みで打ち上がり、男の血を吸って命を持った。

そして呪いを、不幸を振りまく。千年たった今でもずっと――

一

「……という話が伝わっている面です」

雰囲気たっぷりに語り終え、アーチー・パーシバルは座を見回した。

暖炉では薪がパチパチと燃え上がり、部屋を暖めている。だがテーブルについている兎月とツクヨミは、吹雪の中に放り出されたような心もとない顔をしていた。

パーシバルに私室へ誘われやってくると、テーブルの上に美しい女の能面があった。そして聞かせてくれたのが今の話で、ツクヨミなどは「来るんじゃなかった」とブツブツ言っている。

「呪いの面とか、よく人に見せられるな」

兎月が睨むとパーシバルは大げさに手を振った。

「いや、ワタシは信じているわけではありまセン。呪いについても曖昧デシテ、誰をどんなふうに呪うのかまったくわかりません。ただ、確かに来歴を調べると、この面の持ち主の家はだいたいが没落しているんデスヨ」

「それで、なんでそんなものがここにあるんだよ」

兎月の問いにパーシバルは意味がわからないというような顔をする。

「それはもちろんワタシが買ったからデス」

「なんで」

「だって」

パーシバルは面に向かってうっとりと微笑んだ。

「美しいでしょう？」

兎月は大げさにぶるぶると首を振って見せる。

「そういうふうに思うってことは……もうこの面の呪いに取り憑かれているんじゃないのか？」

「失礼デスね、兎月サン。ワタシは確かにこの面が美しいとは思いますが、これは海外の好事家に売れる美しさだからデスよ」

パーシバルは長い腕を組んで兎月とツクヨミを見た。

小さくドアがノックされ、ツクヨミはびくりと椅子の上で身を縮めた。怪ノモノと戦っているくせに、この小さな神は怪談に弱い。創作の怖さというのは特別なのだ、と前に言い訳をしていた。

「おはいり」

パーシバルが声をかけると若い女中がお茶を載せたトレイを持って入ってきた。着物の上にフリルのついたエプロンをつけている。クリスマスのときに兎月たちにシャンパンを運んでくれた少女だ。

「失礼します」

「ああ、ありがとう。おふみサン」

パーシバルが言うとおふみはにっこり笑ってテーブルにティーカップを置いた。そのとき、置かれている面を見て目を丸くする。

「まあ、きれいなお面ですね！」

「はい、美しいデショウ？」

おふみはティーカップを並べたあとも、トレイを胸に当てて面を見つめた。

「お能のお面ですか？」

「はい、実はコレは呪……」

「パーシバル、それで俺たちをここに呼んだわけは？　面を見せるだけじゃないだろう」

兎月はパーシバルの言葉を遮った。若い娘に呪いだのと言って怖がらせたくはなかったのだ。

「ああ、はい」

パーシバルも気づいたのか、おふみに微笑みかけて「下がっていいデスよ」と言う。おふみは少し鼻白んだような顔をしたが、すぐに頭を下げて部屋を出た。パーシバルは少女の足音が消えてから、改めてツクヨミに向かい合った。

「お呼びしたのはツクヨミサマにお尋ねしたかったからデス。本当にこの面にそんなヨロシクない力があるのでしょうか？」

「うーむ」

ツクヨミは椅子の上に立ち上がると、テーブルに両手をついて面を覗き込んだ。

「我が見るところ、この面にはそんな悪しき力はないと思う。ただの面でしかない」

「そうデスよねえ」

パーシバルは両手で優しく面を持ち上げた。

「持ち主が不幸になったり家が没落したり、それはその持ち主の力不足デス。それを面のせいにされてかわいそうデシタね」

面はなにも答えない。ただ静かな表情でパーシバルの手の中にあった。

朝、兎月はいつものようにパーシバル邸の隣にある神社の境内で素振りをしていた。

そこへ、鳥居をくぐって参拝者がやってきた。

見ると大五郎だ。

大五郎は兎月に軽く頭を下げると、神社の前に立って鈴を鳴らした。

社の上にはツクヨミが腰を下ろしている。

大五郎は賽銭箱《さいせんばこ》に景気のよい音をさせて小銭を放ると、大きな音で柏手を打った。

それから頭を垂れ、熱心に祈っている。

「ええっ⁉」

社の上でツクヨミが声を上げた。

なにごとかと見ると、ツクヨミは口に手を当ててぶるぶると首を振っている。大五郎はツクヨミを驚かせるようなことを願ったのだろうか？

しばらく熱心に祈っていた大五郎だが、大きな礼をすると、兎月の方を向いた。

「おはようございます。先生」

「おはよう、大五郎。やけに熱心に祈ってたじゃないか」

「ええ、へへ」

大五郎は頭に手をやって照れくさそうな顔をする。

「まあ、神頼みってやつでさあ。こればっかしはねえ……」

「なんだ？　俺で力になれるか？」

ちらっと社の上のツクヨミを見ると、むずかしい顔をして首をひねっている。

「いやあ、どうもねえ……えへへ……」

大五郎は顔を赤らめて頭をかき、肩をゆらゆらさせた。

「なんだよ、気色悪い」

「へえ、まあそのうち先生のお力も借りるかもしれやせん、それまではちょいと勘弁してくだせえ」

大五郎はそう言うと神社を出ていった。

「ツクヨミ？」

大五郎の姿が見えなくなって、兎月はツクヨミに声をかけた。

「大五郎のやつ、なにを願っていったんだ？」

「神が人の願いを口に出せるか」

ツクヨミは不機嫌な顔を作ったまま地面に飛び降りた。だが、着地した瞬間、抑えきれない笑みが口元に表れる。

「おい、なんだよ。なんか面白いことか」

「言わん」

「いいじゃねえか。大五郎なんだし」

「きっとそのうち大五郎自身が言ってくるだろう。我の神社では取り扱っておらん願いだからな」

「ここで取り扱っているゴリヤクってあるのかよ」

「無礼なやつだな、今はなくてもそのうちきっと……」

そこへひょっこり顔を出したのは大五郎組の若い衆である辰治だった。

「おはようございます、うさぎの先生」

辰治には自分を見上げているツクヨミの姿も見えない。

「おお、辰治」

辰治は見回す必要もない狭い境内を大げさに覗き見た。

「あれえ、親分来てませんでしたか？」

「来ていたけど今さっき帰ったぜ」

「そっか、行き違いになっちゃったか。すいやせん、じゃあ俺、追いかけます」

「おい、ちょっと待てよ」

兎月は駆けだそうとする辰治の襟首を摑んだ。首が絞まって辰治が「ぐえ」と変な声を上げる。

「大五郎のやつ、なんだか熱心に手をあわせていたが、組でなにか悩みでもあるのか?」

「ええ?」

辰治はにやにや笑いながら振り向いた。

「悩みってほどのことでもないんですがね」

「おう」

「大五郎親分、病気なんですよ」

「病気? そりゃあ、大事じゃねえか」

「へへ、それがね」

辰治は兎月に顔を寄せ、小さな声で歌うように言った。

「病気は病気でも恋の病ってやつでさあ」

兎月は思わず社の前に立つツクヨミを振り向いた。ツクヨミは笑い出すのをこらえるように、抱えたうさぎたちに顔を埋《うず》めていた。

大五郎の病の原因を見たい、と兎月が言うと、辰治は「それならご案内しましょう」と簡単に請け負ってくれた。案外、兎月にそれを伝えたかったのかもしれない。

兎月は懐にうさぎ姿のツクヨミを入れて、夕刻前、辰治と待ち合わせた。

「あれ、見えますか？」

辰治が示したのは一軒の小さな八百屋だ。土間にゴザを敷き、近隣で採れた野菜を置いている。

「八百屋？」

「そこの女将でさ。二年前の火事で旦那を亡くしてるんですがね、ああやって店を守ってるんですよ」

兎月は辰治を見て声を潜めた。

「そうなんですよ」

「驚いたな、素人《しろうと》じゃあねえか」

「俺はまた宝来町の遊女あたりかと思ったぜ」

「ですよねえ。親分もなにを血迷ったのか。遊女《くろうと》なら話は簡単なのに」

女将は店の奥にいるのか、兎月が隠れている路地からは見えなかった。

不意に懐のツクヨミが後脚で腹を蹴る。

「お、大五郎だ」

道の向こうから大五郎がぎくしゃくした動きでやってくるのが見えた。途中まで来ると立ち止まり、両手で乱れてもいない鬢《びん》を何度も撫で上げ、ちょいちょいと髷《まげ》をいじる。

それからパタパタと着物の上半身を叩《はた》き出した。

「なにやってやがんだ」

大五郎は胸に手を当てるとすうはあと大きく呼吸をした。

「じれったいな」

「いつもですよ。儀式みたいなもんですかねえ」

辰治はにやにやしている。やがて大五郎は、これから修羅場へ向かうというような決意を込めた顔で歩き出した。

八百屋の前まで一直線にやってくると、錆《さ》びついた操り人形のようにへっぴり腰で店の方を向く。

「あら、いらっしゃい、親分さん」

店の中から声がした。張りのある、明るい声だ。

「お、おう。いや、たまたま通りかかってな」

遠目で見ても大五郎の顔が赤いのがわかる。ずっと赤いままだから、たぶん女将は大五郎は赤ら顔だと思っているだろう。

「今日はなにか持っていくかい？」

「お、おう」

大五郎はさっとゴザの上を見回した。

「そ、そのへんのもの全部くれ」

大五郎の声は不自然なほど大きく、兎月たちにもよく聞こえた。

「またかい？　毎日買ってもらってありがとさんね」

「いや、うちの若いもんがみんなよく食べるからよ」

兎月は辰治の顔を見た。辰治はしかめっ面でうなずく。

「ここんとこ毎日野菜鍋なんですよ。朝の味噌汁の具も野菜くずばっかり」

「そりゃあ拷問だな」

野菜が苦手な兎月は同情する。

「毎度、どうも」

女将は三十手前といったところか、少しふくよかで小柄な大五郎よりさらに小さい。

まん丸な笑顔はこちらもつられて微笑んでしまいそうなほどの福顔だ。

「気立てのよさそうな女じゃねえか」

「へえ、俺たちを見かけても挨拶してくれますし、いい女《ひと》なんですがね」

「大五郎はあの人になにか言ってんのか？」

「いやぁ、俺の知る限りなにも言ってないですね。ああやって野菜を買って帰るだけなんすよ」

まったく情けねえったら、と辰治は言うが、その視線は楽しそうだ。きっと辰治は、いや、一家のものも全員、大五郎を応援しているのだろう。

大五郎は野菜をどっさり両手に抱えると店を離れた。店の前ではふんぞり返っていたが、女将の目の届かないところまでいくとがっくりと肩を落とす。

兎月と辰治は口を押さえて笑いをこらえた。

「大五郎はいくつだったたんだっけ」

「三十をいくつか越えたとこで、まだ四十にはなってなかったと思いやす」

「じゃあ浮かれてても無理ないか」

ツクヨミがとんとんと脚で腹を蹴る。懐を見下ろすと、うさぎは前脚を顔の前に当て、首を振っていた。人の恋路を笑うなと言いたいのだろう。

「まあ、こういうのはなるようになるからな」

兎月は大五郎の背を見送りながら、うさぎの狭い額をかいた。

二

その夜、兎月は夜の町を走っていた。上空には白いうさぎたちが流れ星のように尾を引きながら飛んでいる。懐にはツクヨミうさぎがいた。

「兎月、あと、二体だ」

「おう」

雪をかぶった函館山から怪ノモノが現れた。四体のうち二体は始末したが、あと二体、すり抜けて町中に逃げてしまった。

『トゲツ　オイツメタ！』

うさぎが兎月の顔の横に飛んできて叫ぶ。

「よくやった！」

うさぎに導かれ、兎月は月明かりだけの町を走る。うさぎの尾が白い軌跡を描いて道を照らしていた。

『イタ！』

うさぎたちが黒いもやのようなものにまとわりついている。黒いもやは上空へ昇ればうさぎの足に蹴飛ばされ、下へ伸びようとすれば噛みつかれていた。

「みんな、どけ！」

兎月は走りながら手を伸ばした。手の中に光が集まり、細く長い形に変わる。

「来い、是光！」

手の中に柄を握り込むと、兎月は刀を肩に引き寄せた。もやを押し込んでいたうさぎたちがいっせいに離れる。そのとたん、もやは四散しようとしたが、それより早く兎月の刀が月の光を弾いて真横に振られた。

――オオオオオッ！

地を這うような響きを残してもやが消える。刀の刃にはべったりと黒いものがこびりついていた。兎月は刀を振ってその残滓を散らす。

「あと一体！」

しかし、その一体を追いかけていたはずのうさぎたちがあわてた様子で戻ってくる。

『ミウシナッタ！』

『ニゲラレタ！』

「なんだと!?」

兎月が怒鳴るとうさぎたちは、きゅうっと耳を後ろに倒す。

『ダッテ』

『ニゲアシ　ハヤイ』

後脚で立って抱き合っているしょんぼりうさぎに、仲間のうさぎたちが上空から降り、庇うようにその前に集まってきた。

『オコルナ　トゲツ』

『イッショウケンメイ　ヤッテル』

「怒りゃしねえけどよ」

兎月はため息をつく。ツクヨミうさぎは兎月の懐から出て、首を落としている二羽のうさぎの前に立った。

「仕方がない。次は頑張ろう」

そう言って前脚で頭を撫でてやる。消沈していたうさぎたちはコクコクと頭を動かした。

「帰ろう兎月。隠れてしまわれてはもう見つけられない」

「そうだな」

兎月は是光から手を離した。魔斬りの刀は闇に溶けるように消えてゆく。

「怒ってねえから……いつまでもくよくよすんな」

兎月は追跡に失敗した二羽に手を差し出した。うさぎたちはそれですっかり元気になり、兎月の足下にまとわりつく。

『ツギハ　ガンバル』

『キニスンナ』

「自分で言うか？」

兎月はツクヨミを抱き上げると、夜の中、白い影たちを引き連れて神社へ戻った。


おふみは十八歳。二年前からパーシバル邸で奥女中として働いている。

初めて主人のアーチー・パーシバルを見たときは、世の中にこんなにきれいな人がいるのかと驚いた。

髪はお天道様の光のようだし、青い目は海の水を凍らせたかのようだった。顔立ちは優しく、物腰は柔らかく、おふみのような年若い女にも丁寧な言葉で接してくれる。

今までおふみの周りにいた男たちは、乱暴で品がなく、大声を上げれば女を従わせることができると思っているものばかりだった。

おふみはパーシバルに憧れた。彼がやってきたメリケンという国に憧れた。いつかパーシバルさまが故郷にお帰りになるとき、一緒に連れて行ってもらえないだろうか？

そう、たとえば……妻として。

　そんなことを考えては、あり得ない、と悲しい気持ちで諦める。

　自分はパーシバルには似合わない。髪の色も肌の色も、パーシバルと比べれば黒すぎる。パーシバルに似合うのは、クリスマスのとき、パーティ会場に来ていた異国の女の人たちだ。色とりどりの長い髪に、ふわふわした不思議な衣装。そんな人たち。

　しかし、いくら想像してもパーシバルの隣に立っているのは、彼が女物の薄いドレスを着ている姿だけだったので、自分でも呆れてしまう。

　パーシバルさまに自分の思いを伝えてみようか。お慕いしていますと言ってみようか。お優しいパーシバルさまなら、もしかしたら自分をかわいいと思ってくださるかもしれない……。

　でもそんな優しさにつけこむようなことをしたら、パーシバルさまは悲しい顔をなさるに違いない。

　ずっと思いは堂々巡り。いまだにおふみは伝えることができない。

　そんな心を抱いて、おふみはパーシバルの書斎を掃除していた。

　分厚いカーペットの上を箒で掃いて、固く絞った雑巾で拭いてゆく。拭き掃除は三日に一度でよい、と言われていた。

壁を埋め尽くす書棚の埃を払い、調度品をぴかぴかに磨いてゆく。机の上は触らないようにと言われているので、眺めるだけだ。今はいくつかの巻物と、

筆記用具が置いてある。

パーシバルの手による横書きの文字も見えた。青いインクで描かれたそれを、もちろんおふみに読むことはできない。

おふみはドアを振り向くと、誰も来ないことを確認して、椅子に手をかけた。木製のアームがついた重厚な拵《こしら》えの椅子で重量がある。ごとごとと引き出して、一息つき、座面に腰を下ろしてみた。

机はおふみには高かったが、いつもここでパーシバルが座って使っているのだと思うとどきどきした。

椅子の背にそうっと身をもたせる。

柔らかな別珍で包まれた背もたれの感触が、パーシバルの胸に抱かれているようだった。

そんな想像を楽しんでいたおふみの耳に、カタリ、となにか固いものが動く音が聞こえた。

「きゃっ」

おふみは驚いて椅子から立ち上がった。振り向いてみたが、ドアはしっかりと閉まっている。

カタン、コトリ。

また音がした。壁に沿って立つ棚の方からだ。

(虫かしら。まさか、ねずみ?)

おふみはそっと棚に近づいた。田舎《いなか》育ちの彼女は虫もねずみも平気だった。大事な主人の部屋を荒らすなら、捕まえて外に放り出さなきゃ。

カタコトと音がする場所を探すと、平たい木の箱からしているようだった。

この箱の中になにかいる。

「出ておいで……」

おふみは箱に結ばれていた紐をほどくと蓋に手をかけた。

そっと蓋を開ける。

「あ……っ?」

箱の中に女がいた。顔だけの女が。

女はおふみを見ると美しく微笑んだ。

兎月とツクヨミはこのとき汐見町の長屋の一室にいた。満月堂のお葉に頼まれて、冬の間だけ子供たちにかなを教えているのだ。

もともとはおみつが文字を読めないことを知った兎月がいろはを教え始め、それを聞きつけたおかみ連中がうちの子にも教えてほしいと言ってきたのだ。

子供にものを教えるなど向いていないと言っていた兎月だったが、最近では教師ぶりも板についてきて、今では五、六人の生徒を抱えている。

「うさぎの先生」

いつもツクヨミを懐にして文字を教えているうちに、子供たちは兎月をそう呼ぶようになった。

「先生、失礼しやすぜ」

授業が終わる頃、声をかけて入ってきたのは大五郎だった。もともとこの部屋は大五郎の持ちもので、兎月がどこか子供たちが入れるような場所がないかと相談すると、うってつけの部屋がある、と紹介してくれたのだ。

「おい」

大五郎が背後をしゃくると、子分が二人、小さな文机《ふづくえ》を四つ運んできた。

「ああ、こりゃ助かる」

机は子供が習字をするために必要で、通常は親が作る。しかし、父親のいない子供もいる。文机が用意できない子供たちは床に紙を広げて書いていた。

兎月からそれを聞くと、大五郎が用意すると言ってくれたのだ。

「とりあえず、四つです。明日、また四つくらい作ってきやすか」

子分たちは部屋の中に文机を並べた。大五郎は部屋の中にいる子供たちの数を数える。机を持っていなかった子供たちが歓声を上げて新しい机に飛びついた。

「いや、そんな大所帯にするつもりはねえんだよ。寺子屋を開くわけでもないからな」

「いっそ始めちゃったらどうです、寺子屋」

大五郎はあははと笑った。兎月は机を取り合っている子供たちに、「小さい子から順番に決めろ」と教えた。やがてそれぞれが自分の文机を決めたらしい。

「よし、みんな。自分の文机を持って帰りな。明日はそれを忘れずに持ってこいよ」

兎月が言うと子供たちは文机を頭の上にかかげて「はーい」と声をそろえた。

「うさぎの先生、さよーならー」

「うさぎー、またねー」

はしゃぎながら出て行く子供たちを見送り、兎月は大五郎と一緒に木戸まで歩いた。

「悪いな、大五郎。おまえだって今いろいろ悩んでる最中だろう」

「へ？　あっしが？」

「八百屋の話、きいたぜ」

言ったとたん、大五郎の顔が真っ赤になる。懐の中でツクヨミが余計なことを、と言いたげに腹を蹴った。

「だ、誰でえ！　誰がそんな……っ！」

「組のものはみんな知ってて心配してるらしいじゃねぇか」

「し、し、心配って……」

大五郎はあたふたと周りを見回し、にやにやしている子分たちを見て怒鳴った。

「てめえら！　さっさと組へ帰れ！」

子分たちは笑いながら走ってゆく。その後ろ姿を見送って、大五郎は大きなため息をついて肩を落とした。

「恥ずかしいこと、知られちまいやしたね」

元気のない大五郎の声にうさぎが顔を出して見上げる。

「いや、別に恥ずかしくはないだろう？　もうじき春だし、いいんじゃねえか？」

「はあ……」

兎月は大五郎と一緒にぶらぶらと町を歩いた。すれ違う人たちが「こんにちは」とか

「おや、どうも親分さん」とか、大五郎に向かって気安く挨拶していく。それに大五郎はいちいち「こんちは」「今日はいい天気で」と言葉を返していた。

「前にも言ったが、今のおまえなら誰に惚れたって文句は言われねえと思うぜ」

兎月が言うと、ツクヨミもうんうんと首を振った。

「それでも相手は堅気ですよ。ヤクザの女房になってくれとは言えねえ」

「そんなの試してみないとわかんねえだろう」

大五郎は一度口をへの字にして、それからひょいと顔を兎月に向けた。

「あっしのことより先生はどうなんです」

「俺？」

大五郎の言葉にツクヨミも兎月の顔を振り仰いだ。

「先生だってもういい年でしょう。ここらへんで落ち着いたらどうです」

「なに言ってんだ、俺なんか」

いきなり振られてなぜだか慌てる。

「お世話しますぜ、先生の好みを教えてくださいよ」

うさぎがおかしそうに「きゅー」と鳴く。兎月はツクヨミの頭を押さえた。

「おまえなあ、そんなことで話を変えようたって……」

歩いているうちに見覚えのある場所に出る。少し先に例の八百屋が見えた。とたんに大五郎の動きがぎくしゃくとしたものになる。

「……八百屋によって野菜を買うか？」

「いやいやいや」

大五郎は焦った様子で手を振った。二人で八百屋の前を通り過ぎる。すると気づいた女将が店の奥から声をかけてきた。

「こんにちは、親分さん」

「お、おお」

大五郎は足を止めたが振り向かない。

「こんちは」

兎月は女将に挨拶した。

「あら」

女将は兎月の顔を見上げてにっこりした。

「こりゃでっかい兄ちゃんだね。たくさん食べそうだ」

「俺は兎月って言うんだ。大五郎親分に世話になってるもんだよ。よろしくな」

兎月がそう言うと、ツクヨミも懐から顔を出して女将を見上げた。

「あらまあ、これはご丁寧に。あたしはおまきっていうのさ。八百吉のおまきだよ」

「そうか、おまきさん。にんじんはあるか？」

兎月の言葉にうさぎが嬉しげに耳を震わせる。

「ああ。あいにく小さいのしかないけど」

「ああ、かまわねえ。ふたつみっつ見繕ってくんな」

「にんじんはいいね。きんぴらにしても味噌汁にいれてもうまいよ」

おまきは並べていたにんじんをざるに載せて兎月に差し出す。ツクヨミが鼻をひくひくさせて匂いを嗅いだ。

「用意がいいこと、今日はうさぎ鍋かい？」

おまきの言葉にツクヨミは驚いた顔をして懐に引っ込んだ。

「いや、こいつは食用じゃないんだ」

兎月は苦笑して懐のうさぎを撫でる。

「親分さんは今日はいいのかい？」

おまきは兎月の背中に隠れるようにしていた大五郎に声をかけた。

「お、おう。そうだな。じゃあ、い、芋をもらおうか」

大五郎はおまきの顔を見ずに言った。言葉の調子もおかしいが、おまきは気づいていないようだった。

「はい、まいどね。他は大丈夫かい？」

「あ、あ、その、そこのごぼうもくれ」

「いつもありがとうね、親分さん」

大五郎は懐やたもとにいっぱい芋を詰め込み、ごぼうを抱えて兎月と一緒に店を離れた。しばらく行って芋とごぼうを半分兎月に差し出す。

「すいやせん、もらってやってください。うちにはまだたくさんあるんで」

「そりゃあいいけどよ」

ひとつふたつと芋を寄越す大五郎はうつむいてしまっている。兎月はたもとを芋で重くすると大五郎の肩を叩いた。

「なにか俺に力になれることがあるか？」

「いやあ……」

大五郎は情けない顔で笑う。

「こりゃ、あっしがどうにかしなきゃなんねえことで……先生に迷惑はかけられません」

「迷惑なんかじゃねえよ。いつも助けてもらってるからさ。お返しがしたいんだ」

「そんなもったいねえ」

大五郎はこちらが申し訳なくなるくらい焦った様子で手を振った。

「でもそこまでおっしゃってくださるなら……ま、まあ、そうですね。なにか……あの女を……おまきを喜ばせるような手があったら」

「そりゃ、贈り物とか？」

大五郎は指を組んだり手の甲をかいたり、もぞもぞと身をくねらす。

「へ、まあ、そんなものですけどね。どうにも思いつかなくて」

「そうか、贈り物か」

兎月も考えたがすぐには思いつかなかった。

「じゃあひとつ考えてみるよ。待っててくれ」

「へ、へえ」

大五郎は兎月にぺこぺこと頭を下げて帰って行った。たもとの芋の重みは大五郎の思いの重みだ。抱えるごぼうも大五郎の悩みの重み。

「兎月。簡単に引き受けて、なにか考えがあるのか？」

「いやあ、どうだろ」

ツクヨミが呆れたため息をつく。大五郎のためにもなにか考えなければ。

神社に戻ると懐のにんじんを嗅ぎつけたか、うさぎたちがわらわらと湧いてきた。ツクヨミは入り込んでいたうさぎから出て、元の小さな神の姿に戻る。

「ほら土産だ」

兎月がにんじんを神社の本殿に置くと、うさぎたちは跳ねあがってそれに群がった。

兎月は御簾垣の戸を開けて、ツクヨミと一緒に隣のパーシバル邸に入る。

「あ、兎月サン」

庭にいる兎月をめざとく見つけ、パーシバルが縁側に出てきた。

「よう、パーシバル。ちょっと知恵を借りたいんだが……」

「兎月サン、どうしましょう」

大五郎のことを相談しようかと思ったが、パーシバルに遮られてしまった。

「どうしたんだ？」

「あの面がなくなったんデス！」

パーシバルはいまにも摑みかからんばかりだった。

「あの面……？」

「呪いの面デスよ。いえ、本当は呪われてはいない面デスが」

「まさか。あの面にはなんの力もなかったぞ？」

ツクヨミが驚いて言う。パーシバルは不安そうな顔でうなずいた。

「はい、おそらく誰かに持ち出されたのだと思いマス」

「盗まれたっていうのか？」

それにパーシバルは唇の前に指を立て、小声で答えた。

「盗みかどうかはまだわかりません。でも、女中が一人いなくなりました……」

「それじゃあその女中が盗んだんじゃねえのか？」

「おふみサンはそんなことをする子じゃないんデスよ」

パーシバルは首を小さく振ると心配げな顔になった。

「二年もまじめに働いてくれている子デス。もし彼女が持ち出したのだとすると、なにか訳があるのデショウ」

「警察には？」

「まだデス」

兎月はパーシバルがいつも着ている紬《つむぎ》の腕を摑んだ。

「あんたが店の人間を大事に思ってるのはわかる。おふみって女中にもわけはあるんだろう。だが、そのおふみの安否を確かめるためにも警察に届けたほうがいい」

「しかし……」

パーシバルはがっくりと首を落とした。

「女性は前科がつくと嫁にいけなくなりマス。おふみサンはまだ十八、バンチャモデバナという年デス」

使い方が間違っているような気もするが、今は訂正しているひまはない。

「それじゃあ、面のことは伏せておふみの保護だけ頼めばいい。店に戻らないから心配だと言って」

「そうですね……」

パーシバルは不承不承うなずいた。

「今晩、ワタシは用事で帰りが遅くなりマス。夕方までにおふみサンが帰ってこなければ警察に頼んで捜してもらいマス」

パーシバルはそう言うとパタパタと部屋の方へ戻っていった。

「これじゃああいつに相談ってわけにはいかないな」

兎月はツクヨミへ振り向いた。

「どうしようか」

「お葉に相談してみるのはどうだろう？」

ツクヨミがいいことを思いついたという顔で兎月を見上げる。

「女のことは女が一番わかるだろう。大五郎やおぬしのように無粋な男が知恵を絞るよりましではないか？」

なんだかひどいことを言われたようだが、一理あるので兎月はさっそく満月堂へ向かうことにした。

三

「あらまあ、大五郎さんが？」

お葉は話を聞くところころと笑った。以前は大五郎組にいやがらせもされたことがあるが、今ではいいお得意さんになってくれている。

「そうなんだ、それで大五郎はその女将のおまきさんをなんとか喜ばせたいんだそうだ」

「まあ、けなげなこと」

「なにか女が……おまきさんが喜ぶようなものを思いつかないか？　こいつはお礼の先払いだ」

そう言って兎月は大五郎からもらった芋とごぼうを店の中に置いた。パーシバルに渡そうと思っていたのだが、機会を逸した。

「そうですねえ」

お葉は人差し指を頬に当てて小首をかしげる。

「お葉さんがほしいものとかでもいいんだが」

「兎月さん」

おみつが兎月のたもとを引っ張った。

「女将さんがほしいもの、おみつ知ってる」

「へえ、なんだい、おみつ」

「これ、おみつちゃん」

お葉はあわてておみつを止めようとしたが、

「けえきを焼くおーぶんよ」と、一足早くおみつが口に乗せた。

「おーぶんか。そういえば前そんなことを言ってたな」

お葉は洋菓子のためのオーブンを買うために金を貯めていたが、それを他人にやって
しまった。それでまた一から貯めているらしい。

「おみつちゃんてば」

お葉がめっとおみつを睨む。

「おーぶんはきっとおまきさんはいらないだろうな」

「八百屋さんですものね……」

兎月とお葉はうーんと腕組みをする。

「八百屋さん……」

ふと、お葉が顔を上げた。視線は兎月が持ってきたごぼうに向いている。

「そうだわ。八百屋……野菜……。野菜を使ったお菓子なんかどうでしょう？」

「野菜のお菓子？」

お葉は顔の前で指を組むと、兎月を上目で見上げた。

「実はお菓子に野菜を使うものは昔からあるんですよ。自分の店の野菜がお菓子になってたらきっと驚くし喜んでもらえるんじゃないかしら」

「ほう。それをお葉さんが作ってくれるのか？」

「違いますよ」

お葉は楽しそうな顔で兎月を見る。

「親分さんが作るんですよ！」


夕刻、兎月はツクヨミうさぎを懐に入れ、大五郎と一緒に満月堂の店の奥、菓子を作る工場《こうば》にいた。

三人の前には前掛けをしたお葉が立っている。たすきで袖をたくし上げ、頭には手ぬぐいでほっかぶりをした臨戦態勢だ。

「ほ、本当にあっしが菓子を？」

大五郎は今にも逃げ出したそうにしている。ツクヨミはうさぎの姿のままで興味深そうに菓子が生まれる場所を見回していた。

「お葉さんが作ってそれをあっしが買うんじゃだめなのかい？　菓子なんて、職人が作った方がうまいだろう？」

「気持ちの問題ですよ、親分さん」

大五郎の前には菓子作りのための材料がそろっている。ごぼう、味噌餡、砂糖、餅粉、紅花からとった食紅、打ち粉、水あめなどだ。

「作っていただくのは新年に食べる花びら餅。これは中に甘く煮たごぼうが使ってあります。先にごぼうと餡だけ用意しました。もちろん、ごぼうはおまきさんのお店のものです」

ツクヨミは材料が用意されている台の上にぴょんと飛び乗り、甘く煮たごぼうの匂いを嗅いだ。

「菓子なんかより簪《かんざし》とか帯とか、そういう値の張るものがいいんじゃ……？」

大五郎は弱々しい声で言った。それにお葉は首を横に振る。

「どんなに高いものだとしても、自分の好みでないものをもらっても女は身につけませんよ。親分さんはおまきさんのお好みをご存じなんですか？」

「そりゃあ、知らねぇが」

「男の方って女は派手なものが好きだろう、金がかかっていればいいだろうって、妙にごてごてした大仰なものを選んだりなさるんですよねえ。勘違いなさってるっていうか、女の好みの幅って、もっとこう、狭くて小さいんですよ。ぴったりしたものじゃないと目もくれない」

お葉の言葉に大五郎はいちいち「うう」と胸を押さえる。さては、もうそういったものを用意してしまったな、と兎月は同情した。

「でも相手が自分のために、決して得意でないものを作ってくれたと知ったら、わずかなりとも心を動かされますよ。逆にそういう女《ひと》じゃなければ親分さんにはふさわしくないでしょう」

「だ、だけどよう」

大五郎はどうにかして反論できないかと言葉を探しているようだった。

「好みがむずかしいって言うならよう……それこそ菓子が好きじゃなかったら」

「菓子がきらいな女なんていません」

お葉は大五郎にみなまで言わせずきっぱりと言った。

「おいしい菓子は人を幸せにして穏やかにして優しくします。菓子が嫌いなんてそれはもう人ではありません」

お葉の目がすわっている。兎月はお葉に向かって菓子の悪口をいうのだけは止めようと心に誓った。

「でも、おいしくないと言われたら……」

「それは作る人の腕が悪いということ」

お葉はすっぱりと斬り捨てる。兎月の是光より切れ味が鋭い。大五郎はもう満身創痍だった。

「そもそも花びら餅を新年に食べるのにはわけがあるんです。これは古く小野小町《おののこまち》の時代からあったお菓子なんですよ。御一新の前には京でお公家さんしか食べられなかったものです。ごぼうを使うのは土にしっかり根を張る、すなわち長寿や繁栄を意味します。おめでたいお菓子なんです」

お葉は大五郎にふるいをつきつける。

「うちの粉と餡を使っておいしくないものなんて作らせませんよ。さあ、まずは砂糖をふるうところからです」

「ふ、ふるう……？」

「花びら餅の命は皮である求肥《ぎゅうひ》。これを滑らかに口当たりよくするためにふるいます。餅粉をお湯で溶かして砂糖で甘く味つけ、照りを出すために水飴も使います。そのあと蒸し上げていったん冷ましたら型で抜いて餡を包む……」

お葉は一気に説明し、にっこりと大五郎と兎月を見た。

「ね、それほどたいしたことじゃないでしょう？」

「せ、先生ぇー」

大五郎が泣き声を上げる。兎月は労りの気持ちをめいっぱいまなざしに込めただけで答えなかった。

「ツクヨミ、ちょっと外へ出ようか」

声をかけるとうさぎがぴょこぴょこ尻を振りながらついてきた。背後から「もっと丁寧にしてください」とお葉の厳しい声がする。

「……大丈夫かな」

外へ出て兎月は大きく息をついた。うさぎはぺたんと尻をつけて兎月を見上げる。

「大丈夫であろう。お葉もはりきっている。それに彼女の言うことに理もあるし」

「俺たちはどうする？　パーシバルんとこへ戻るか？」

「大五郎を一人で放っておくのも酷だろう。とりあえずでき上がるまでは一緒にいてやれ」

「そうだな……、お？」

兎月は耳をすました。遠くから夜泣き蕎麦屋の呼び子の音が聞こえる。

「そろそろ腹もすいてきたし、お葉さんも飯の支度はしてないだろう。蕎麦屋を呼んでこよう」

「いい考えだ」

兎月はツクヨミと一緒に夜道を歩き出した。昼間はかなり暖かくなってきたが、夜になると冷たい風がここは北の大地だと教えてくれる。季節的に、もう本州では梅や桃なども咲くころだろうに、ここではまだ気配もない。

「寒いが穏やかな夜だな、怪ノモノも出ないようだし」

「そうだな」

日が落ちて暗くなった空に星が瞬き始めた。兎月とツクヨミはのんびりと蕎麦の屋台へと向かった。

同じ頃、パーシバルは之間屋《のまや》という料亭にいた。新たに取引を始める函館の商家、そして銀行関係のお偉方との会席のためだ。

北海道中の海の幸、山の幸がふんだんに使われた料理、京都から運んだ酒、艶《あで》やかな振り袖の芸子たち。

会話の中に差し込まれる互いの腹のさぐりあいも楽しめる。

まだ戻ってこない女中のおふみと能面のことは心の隅にひっかかっていたが、とりあえずパーシバルはこの会食を楽しんだ。

宴も終わりかけた頃、パーシバルは厠へ立った。パーシバルの密《ひそ》かな楽しみとして、高級料亭や武家屋敷の厠探索がある。そういった場所に設えた便器は、染め付けされていたり、有田焼の豪華なものだったり――驚いたことには厠の中に川が流れ、朱塗りの橋がかかっていたものもあった。

之間屋の厠も清潔で、便器には繊細な絵が描かれており、パーシバルの目を楽しませてくれた。

外の手水場で手を洗っていると、キシキシと床を踏む軽い音がした。次の客がきたかと振り返ると女が一人立っている。

着ているものからして、下働きの娘だろうかと思った。顔は暗がりでよく見えない。

「失礼」

立ち上がって横を通り過ぎようとしたら、ふいに強い力で手首を掴まれた。

「なんデスか？」

視線を落とすとそこには白い、白い顔がある。

「ア、……」

この顔は知っている。

白い顔はパーシバルに向かって妖艶に微笑んでみせた。


満月堂では一刻半たっていた。精も根も尽き果てたという顔で大五郎が座っている。

その目の前にほんのり色づいた優しげな花びら餅が何個も並んでいる。

兎月とお葉はそれをひとつずつ食べた。

「うん」

「あらまあ」

二人は顔を見合わせる。

「うまいぞ、大五郎」

「ええ、ええ。うちの餡を使ってまずいものはできるはずないと思ってましたけど、これならお店に並べられますよ」

二人のほめ言葉に憔悴《しょうすい》した表情だった大五郎は目を輝かせた。

「本当ですかい?」

「まあ自分で食べてみろよ」

兎月は大五郎に花びら餅を持たせた。柔らかな求肥を親指と人差し指でおっかなびっくり摘まみ上げ、大五郎はあーんと口を開ける。

ツクヨミが懐の中で暴れるので、兎月はうさぎにも花びら餅を食わせた。

「……うまい」

口を動かしていた大五郎が飲み込んで呟く。うさぎも小さな頭を上下させた。

「あっしがこんなきれいでうまいものを作れるなんて」

台の上に整然と並んだ花びら餅は、ほの赤く色づき、本当に花が咲いたようだった。

「おまきさんのごぼうがおいしいですね」

お葉が微笑んで言う。

「きっと、おまきさんも喜んでくれますよ」

「そ、そうですかね」

お葉が自信たっぷりに深くうなずいた。

「商い人なら誰だって自分の売ったものはかわいいもんですよ。それがこんなにきれいでおいしいものになったんだから、嬉しくないはずがありません」

「へえ……」

台の隅の方には大五郎が失敗した餅が山ほどある。最初は兎月も大五郎の不器用さに呆れ返ったものだった。しかしお葉は決して怒らず、根気よく大五郎に作らせた。

「お葉さんありがとうよ」

大五郎は頭を下げた。

「最初はたかが菓子と思っていたが、こんなに大変なことだったんだな」

「親分にそう言ってもらえればわたしも菓子屋冥利に尽きますよ」

「これを――明日、持って行きます」

「本当は菓子はできたその日がいいんですが」

お葉はにこやかに怖いことを言う。

「明日の朝早くならまだ大丈夫でしょう」

大五郎は命を救われたという顔でため息をついた。

「先生もおつきあいいただいて、ありがとうございやした」

「いや、俺は見てただけだし」

「そうそう、お蕎麦ごちそうさまでした」

お葉が両手をあわせる。

「うん、みんなで蕎麦をするってのも楽しかったな」

もちろんみんなの中にはツクヨミも含まれる。

「明日頑張れよ、大五郎」

「へえ……」

大五郎は並んだ花びら餅をうっとりと見つめている。ふくよかな花びら餅の生地が、おまきの頬にでも見えているのだろう。

明日、おまきの前でちゃんと話ができるだろうかと兎月は少しばかり心配だった。


そんなわけでパーシバル邸に戻ったときは、日はとっぷりと暮れていた。なのに、店には明かりがついて、使用人たちが大騒ぎしている。

「おいおい、なにがあったんだ」

あまりの騒ぎに兎月が神社ではなく店から入ると、商会の副頭取である斉藤《さいとう》という男が顔色を変えてやってきた。

「兎月さん、どこにいらしたんですか！　頭取はご一緒ではないですか」

「はあ？」

聞けばパーシバルが之間屋から消えたのだという。

「消えたって……一人で帰ったってことか？」

「頭取が姿を消されたのは六時頃だと聞いています。でも今はもう八時。こちらには一度も戻ってらっしゃいません。取引先の方々も心配して捜してくださってます」

斉藤は店に飾ってある大きな柱時計を指さした。英数字だが、読み方はパーシバルに習っていたので兎月にもわかる。

「じゃあ本当に消えたってことか？」

「兎月……」

懐でツクヨミがそっと呼んだ。兎月はうさぎの頭に手をやると、「俺も少し捜してみる」と言って店の外に飛び出した。

「どう思う？」

兎月はひとけのない路地でツクヨミに問いかけた。

「パーシバルがいたずらに店のものや仕事相手に迷惑をかけるとは思えない。なにか事故が起きたのだ」

ツクヨミは深刻な口調で言った。

「事故……。まさか酔ってどこかに転がっているとか？」

「異国の人間に敵意を持つものもいるだろう」

ツクヨミの冷静な言葉に兎月は舌打ちした。

「拐《かどわ》かされたっていうのか？　大の大人が」

「我の神使たちに捜させよう」

「いや、待て」

兎月は路地に建っている稲荷《いなり》の赤い祠《ほこら》を見た。

「もっと手っ取り早い方法がある。豊川《とよかわ》を呼んでくれ」

ツクヨミも稲荷の祠を見てうなずく。

「そうか、パーシバルが消えたと言っても煙のように姿を消したわけではないからな。自分で動いたにしろ誰かに運ばれたにしろ、道は通らねばならん」

「その通り」

ツクヨミは兎月の懐から飛び降りると後脚で立ち上がり、稲荷の祠に向かって前脚を打った。実際はうさぎの手なので肉球もなく、毛で覆われているので音はしないが。

「稲荷に宇佐伎神社のツクヨミが頼む。豊川を召喚《よ》んではもらえまいか」

稲荷の祠に立っている蠟燭にぽっと火が灯る。炎がゆらりと揺らめき祠の影が塀に延びたかと思うと、その影の中から女の体がぬるりと現れた。鳥居と同じ朱色の着物に黒《くろ》繻子《じゅす》の帯を締め、髪は結わずに長く伸ばしている。

目尻だけに紅をさした白い面《おもて》の美しい女だった。

「豊川の」

「なんだい、また面倒事かえ？」

北海道の稲荷を束ねている豊川稲荷が白い素足で地面に降り立った。

「おぬしも知っているアーチー・パーシバルが行方不明だ。おぬしたちの稲荷の前を、パーシバルらしき人間が通らなかったか？」

「ああ、あの異国の巫かえ」

豊川は肩にかかった長い髪をばさりと背中に流した。

「通ったとしてそれがなんだえ？　あたしがその行方を教える義理なんてないだろう」

「パーシバルは先日函館中の稲荷の祠に油揚げを供えただろう」

うさぎはとんとんと後脚で地面を叩く。

「助けてやればもっといいものも供えてくれるぞ。どうだ？　取引だ」

「ふうん」

豊川は腰に手を当てると、体を曲げ、ぐいっとツクヨミうさぎの鼻先に美しい顔をくっつけた。

「それはその異国人がくれるものだろう？　あんたはなにをしてくれるんだい？」

「我……？」

「あんたの頼みなんだもの、あんたができることを言ってごらん」

「わ、我は……」

うさぎは困った様子で長い耳を下げる。まだ力の弱いツクヨミが、強大な力の豊川にできることはほとんどない。

「おぬしが困ったときには力になる……」

ツクヨミは小さな声で言ったが、豊川は「はんっ」と鼻先で笑った。

「あたしは自分の面倒は自分でみられるよ」

ツクヨミうさぎは肩を落としうなだれた。自分に力がないと言われているようなものだ。悔しいし情けないのだろう。柔らかな細い毛がふるふると震えている。

「豊川、俺からも頼む」

兎月はツクヨミの後ろで頭を下げた。

「パーシバルはいままで何度も俺たちを助けてくれた。そのパーシバルが行方不明だ。なにがあるかわからねえ。助けたいんだ」

「人間があたしたちの話にはいってくるんじゃないよ」

豊川は通った鼻筋にしわを寄せ、兎月を脅《おど》す。

「俺がおまえの神使になる」

兎月は硬い表情で言った。うさぎが首がもげそうな勢いで振り返る。

「一度だけおまえの神使になる。だからパーシバルの行方を教えてくれ」

「だ、だめだ、兎月！　おぬしは我の神使だぞ！」

うさぎが兎月の膝にぴょんぴょんと飛び跳ねてまとわりついた。兎月は腰をかがめてその頭を撫でてやる。

「忘れちゃいねえよ、一度きりだ」

「だが……っ」

「おまえにそんな価値があるとでも言うのかえ？」

豊川は呆れ返った声を上げた。

「価値があるかどうかはわからねえが、人間が役立つ場面だってあるだろう。考えてみてくれ」

「そうさねえ……」

豊川は無遠慮に兎月を頭の先から足の先まで見下ろした。

「あたしも人間の神使は持ったことがなかったから、それも面白いかもしれないねえ」

「そんな……」

うさぎはおたおたしながら兎月と稲荷とを見比べた。豊川は朱色のたもとをひらめかせ、指先を兎月の鼻に突き付けた。

「わかったよ。今すぐってわけじゃない。だけど、あたしが呼んだらいつでも駆けつけるんだよ、神使として」

「承知した」

兎月がうなずくと豊川はくるりと稲荷の方を向いた。顔を上に向け、目を閉じる。

「……兎月……」

ツクヨミが泣きそうな声を上げた。兎月はしゃがむとうさぎを両手で抱き上げた。

「すまん、勝手なことをして。だが俺はおまえの神使だ。それは絶対だ。俺を信用してくれ」

「兎月のことは信用している。だが我が……我の力が頼りないばかりに……」

ぽろりとうさぎの赤い目から涙が零れる。小さな神は案外と泣き虫だということを兎月は知っていた。毛皮の上に光る涙を兎月は指で拭ってやった。

「今重要なのはパーシバルだ。諸々はあとで考えよう」

「うう……」

ツクヨミはうさぎの頭を兎月の胸にすりつけた。ふかふかした頭を撫でながら、兎月は豊川の背中をみる。文庫に結んだ黒繻子の帯が目の前からさっと消えた。豊川がこちらを向いている。

「わかったよ、確かに異国人はあたしらの前を通っている」

豊川は自分の目に指を当てた。

「あたしの妹が二人、見ている。その子たちの言うことによると、パーシバルは女に手を引かれて歩いていたということだ」

「向かったのは？」

豊川は町の名前を言った。

「道の方角からして、あの先には火事で焼け落ちた寺がある。おそらくそこだと妹は言ってるよ」

「そうか、助かった」

「さっさとお行き」

豊川は赤い唇をつり上げる。

「今度あんたになにをしてもらうか考えておくから」

「わかった。では」

兎月はすぐに駆けだした。ツクヨミうさぎも一緒に駆ける。その背中を見送って豊川はやれやれと首を振る。

「姐《あね》さま」

路地にあった祠の稲荷が姿を現した。町娘のような拵えで、顔は豊川によく似ている。

「ほんとにあんな人間を神使にするおつもりで？」

「そうさねえ」

豊川はたもとで口を押さえるとくすくす笑う。

「どうしようかね。でもまああたしはツクヨミのあんなしょんぼりした顔を見られただけで満足してるよ。ほんとにあの子はかわいいね」

「姐さま……悪趣味ですこと」

若い稲荷は呆れた様子で言って、ツクヨミが消えた方向に同情の目を向けた。

四

兎月はものの四半刻で豊川が教えてくれた廃寺についた。壁は崩れ、本堂の瓦もあらかた落ちている。庫裏《くり》は全焼していて大火の勢いがよくわかった。雪が積もった境内には、足跡がふたつ、ついている。大きさが違う。男と女だ。

寺の屋根の上にツクヨミが呼んでいたうさぎの神使たちがいる。うさぎたちはさかんに耳を動かしている。パーシバルがいるのは間違いないだろう。

「……兎月、怪ノモノだ」

ツクヨミが足下で囁いた。

「なんだと？」

「怪ノモノの気配がする」

「この前逃したやつか」

ツクヨミうさぎは全身の毛を逆立てた。

「パーシバルを連れ出した女は怪ノモノに取り憑かれているのかもしれん」

「なるほどな。パーシバルがやすやすと連れ出されたわけがわかったぜ」

怪ノモノは人の心の暗い部分をつく。取り憑かれた人間は欲望を大きく膨らませ、闇の力を得ることがある。パーシバルを連れ出した女にどんな事情があるにせよ、怪ノモノに憑かれたならばそれを斬るしか元に戻す方法はない。

兎月はそっと本堂に近づいた。本堂もほとんど焼かれて柱と床しか残っていない。中にいるものの姿はよく見えた。

(女——と、パーシバル)

パーシバルは床に横たわっている。気を失っているのだろうか？

表情は見えないが、床に広がる長い金色の髪だけは暗闇の中でもわかった。その体の上に女が乗っている。

女はパーシバルの体を愛おしそうに撫で回していた。着ているものは町で奉公女が着ているような木綿《もめん》の着物だ。体つきは若く見える。

「おい」

兎月は女に声をかけた。女の動きがぴたりと止まる。

「その男を返してもらおうか」

女はうつむいてこちらを振り向かない。兎月は無造作に本堂に近づき、穴だらけの床に上った。

「なんのためにパーシバルを拐かしたかはしらんが、そいつはおまえのおもちゃにしていい人間じゃない」

兎月がそう言ったとき、女はいきなり動いた。パーシバルの上から飛び上がり、兎月の方へ一気に走ってきたのだ。

「おまえ……っ！」

顔を見て兎月は思わず叫んでいた。その顔はあの能面だったのだ。

女はものすごい力で兎月の胸を突いた。一瞬息が止まり、兎月は床から地面に転がり落ちる。屋根の上のうさぎたちがいっせいに女の体にまとわりついたが、もやだけの存在の怪ノモノと違い、実体を持った人の体にはうさぎはなんの影響も与えられない。面をつけた女は蠅《はえ》でも追い払うように腕を振り回し、うさぎたちを払った。

「くそ……」

兎月は地面から起きあがると右手を伸ばした。光が手のひらに集まり、そこに月の輝きをまとった鋼が現れる。

兎月は刀の柄を摑むと、口の中にたまった血を吐いた。胸がずきずき痛む。肋骨がいったらしい。

「覚悟しやがれ！」

本堂に仁王立ちになっている女に向かって一直線に走り込む。

「兎月！　体の持ち主には加減しろ！」

後ろでツクヨミが叫ぶ。兎月は一瞬力を抜いた。

「――っ！」

ちょうど帯の部分を真横に払う。女の体はその勢いに本堂の壁まで飛んでいった。

ひどい音がして壁が破れる。女は粉みじんになった板と一緒に地面に飛ばされた。その顔から面が落ち、円を描いて転がってゆく。

「怪ノモノはその面だ！」

再びツクヨミが叫んだ。兎月は生きているように飛び跳ねる面を追い、その顔の脇についている紐を足で踏んで止めた。

「手間かけさせやがって！」

怪ノモノ斬りの刀を両手で持ち、振り上げる。面の正面が兎月を見上げた。

「成仏しろ！」

剣を振り下ろそうとしたとき――、

「待ってくだサイ！」

大きな声が響いた。兎月が顔を上げると本堂の柱にすがってパーシバルが立ち上がっている。

「……待ってくだサイ」

もう一度小さな声で言うと、パーシバルはよろけながら本堂から降りてきた。

「おふみサン……」

面が外れた女の顔を見て、パーシバルはそのそばに膝をついた。手をとり脈を確かめるとほっとした顔をする。

「気を失っているだけのようデス」

「大丈夫か？　パーシバル」

兎月は面に刀を突きつけたまま言った。

「はい、大丈夫デス。その面……」

「パーシバル、怪ノモノに憑かれていたのはこの面だ。女はこの面の力に操られていたのだろう」

ツクヨミは急いでパーシバルのもとへ駆け寄ると、その体の匂いを嗅いだ。怪ノモノの気配はなかったのでほっとする。

「そうだったのデスか」

パーシバルが近づいてくると面がカタカタと小刻みに揺れた。兎月は柄を握る手に力を込め、いつでも斬れる態勢になる。

ふっと面が白く淡い光を放ったかと思うと、その光の中にうっすらと人の姿が浮かび上がってきた。

「なんだ!?」

兎月は右手で是光を、左手で懐の懐剣を握った。人影は姿かたちから女性に見えた。

「待て、兎月。それは怪ノモノではない」

うさぎが驚いた声を上げる。

「怪ノモノじゃない？　しかし――」

（私は……）

その女人の姿をしたものは、口を開かずに声を発した。

（私はこの面に宿るもの……）

兎月は女からツクヨミに視線を向けて怒鳴った。

「怪ノモノじゃねえか！」

（怪ノモノは今、私が抑えておりまする……）

その顔は能面と同じものだった。艶やかで、美しく、しかしどこか悲しげな。

（今のうちに私を割ってくださいまし……）

兎月は眉を寄せてその影を睨んだ。なにか裏があるのでは、と用心したのだ。

（私はずっと……呪いの面と言われてまいりました……確かに私の持ち主たちは不幸になったものが多うございます……でもそれは私の与《あずか》り知らぬこと……）

美しい女の顔をした影は苦しげに呻く。

（しかしその異国の方は、そんな私をかわいそうだとおっしゃってくださいました……そのとき、私は初めて心を持ったのでございます……）

「なんと」

うさぎはパーシバルから離れると、急いで面のそばに寄った。

「我が見たときはただの面であった。なのにパーシバルのその一言でそなたは付喪神《つくもがみ》になったということか」

女の影はゆっくりと本堂のそばのパーシバルを振り向いた。

（私は嬉しゅうございました……異国の方の……あなたの気持ちがありがたかった……そして私はあなたをお慕いするようになってしまいました……）

パーシバルはその言葉に驚いたようだった。

（怪ノモノは……私のその思いと……同じようにあなたを慕っていたその娘の思いを利用したのでございます……）

「おふみサンがワタシを？」

（まだ幼く、憧れと恋の区別もできておりませんが、あなたに惹かれた思いは同じ……）

面の影は優しく言った。小さくうつむいた顔は慈愛に満ちた母のように見える。

(すべては怪ノモノが思いに潜む欲望を操ったもの……許してやってくださいませ……)

「そ、それはもちろんデス。そう、それはあなたも同じデス」

(いいえ、私は消えなければなりませぬ。怪ノモノは私の中に入り込んでおります……どうか……)

影は兎月の方を向いた。美しい女の顔が兎月を見つめる。それはまるで月光の天女のようだった。

(パーシバルさまと見つめあうことができて……もう満足でございます……怪ノモノの力は強い……はやく、今のう、ち、に……)

面の影は苦しげに身悶えた。カタカタと再び面が小刻みに揺れる。

「パーシバル!」

兎月は叫んだ。

「割るぞ!」

「でも、ああ……そんな……」

パーシバルは面の影に手を伸ばした。影も一瞬手を動かしかけ、しかしぎゅっと拳を作る。

「パーシバル」

ツクヨミが異国の巫を振り返る。

「このものの願いだ。叶えてやれ」

「……っ」

パーシバルは口元を覆った。面の影はそんな彼に一度頭を下げるとすうっと姿を薄くしていった。光が面から消える最後の瞬間に、兎月は是光のきっさきを面のこめかみに突き刺した。

――……っ
空気が切り裂かれるような細い悲鳴が聞こえた気がした。

兎月の足下にはまっぷたつになった面が落ちている。

パーシバルはゆっくりと面に近づいた。ツクヨミが場所をパーシバルに譲る。

「……」

パーシバルは膝をつくと面を両手で取り上げた。まっぷたつになっていたが、あわせれば傷は見えなくなる。

「美しい人……ワタシを愛してくれて……ありがとう」

パーシバルは面に囁くと、その薄く開いた唇にそっと口づけた。

翌朝。兎月は寝不足気味の目を擦りながら、大五郎と待ち合わせた場所に行った。昨日の夜、どうしてもついてきてほしいと頼まれていたのだ。もちろん恋の行方を見守りたいツクヨミも懐に入っている。

大五郎は先に来ていたが、気もそぞろな様子で、あっちを見たりこっちを見たりと、うっとうしい。

「おはよう、大五郎」

「へ、へい」

兎月はあくびをした。昨日の事件で寝不足だ。

「先生、あくびなんかしてねえでしゃきっとしてくださいよ。頼りねえなあ」

「うるせえ、ゆうべいろいろあったんだ」

しかしそのいろいろの中身を大五郎には教えない。大五郎はツクヨミと同じく、案外と臆病なのだ。

「ほら、とっとと行くぞ」

兎月は大五郎の背中を押した。

「いや、まだ心の準備が」

「準備しているうちに日が暮れるぞ。菓子がまずくなっちまう。また今晩も和菓子作りをしたいのか？」

「とんでもねえ」

大五郎は震えあがった。工場《こうば》で突っ立って作業していたので足が痛いとぼやく。

「本当にお葉さんの言うとおり、おまきさんは喜んでくれるかねえ？」

大五郎は花びら餅の入った竹皮の包みを指先でぶらぶらさせながら言った。

「やっぱり簪や反物《たんもの》の方がよかったんじゃないですかねえ」

ずっとグチグチ言っている。兎月は大五郎の背中を手のひらで叩いた。

「もう覚悟を決めろよ」

「へ、へえ」

この贈り物でおまきを喜ばせることができたら、一緒になることを考えてもらえないかと聞いてみるつもりだ、と大五郎は顔を赤らめて言う。

八百屋が見えてきた途端、大五郎が立ち止まった。

「どうした？　大五郎」

「へ、へえ……」

どうやら膝が主人の言うことを聞かなくなったらしい。どうにもうまく曲がらずに、奇妙にぎくしゃくした動きになる。

「しっかりしろ」

「へいっ」

兎月は両手で大五郎の肩を押しながら店先まで連れて行った。

「おはようございます、親分さん。お早いですね」

おまきが愛想よく挨拶する。福々しい笑顔だ。確かにこんな温かな笑顔がいつも隣にあるならどんなに幸せなことだろう。

「今日はなにを?」

尋ねてくるおまきに大五郎はごくりと息を呑んだ。兎月は小さく拳を握って応援する。ツクヨミも懐の中で目をきらきらさせていた。

「あ、あ、いや、あの、その、」

大五郎は上へ下へと視線を飛ばし、結局おまきを見ないようにして手に持った竹の包みを差し出す。

「あら、なんですか? これ」

「か、菓子だ」

「お菓子?」

「あ、あんたの店で買ったごぼうを使ってある」

「ええ？」

おまきは受け取ると竹の皮をはいだ。中にほんのりと紅い色を透かした優しい形の花びら餅が入っている。

「あらまあ、なんですかね、これは。きれいですねえ！」

「か、菓子が好きかどうか知らんがよかったら……」

「まあ、大好きですよ。ありがとうございます」

お葉の言ったとおりだった。兎月とツクヨミは大五郎にうなずいてみせる。

おまきはさっそくひとつ摘まんで口に入れた。柔らかな求肥はおまきの指先でたわみ、あっというまに口の中に消える。

「あらぁ……」

おまきは唇の上に白い粉のついた指を当てた。

「ほんと、ごぼうだわ。甘く煮てあって柔らかだこと！　それに皮がなんて優しい」

おまきの顔が花びら餅の求肥のように柔らかくほころんだ。

「とっても美味しい！」

「そ、そうか」

大五郎はほっとした。これで言える、思い切って言うのだ、と兎月は大五郎に目配せする。大五郎は赤べこのように首を上下に振ってうなずいた。

「こ、これ……、これは、俺が作ったんだ」

「ええっ⁉」

「あんたに――食べてもらいたくて」

「まあ……」

おまきはうつむいた。ヤクザの親分が女に食べさせたくてお門違いの和菓子を作る。さすがにそれがどういう意味を持っているのか、おまきにもわかったのかもしれない。いや、もしかしたら毎日野菜を買いに来る大五郎の気持ちなど、とっくに知っていたのかもしれない。しかし。

「最後にこんな美味しいものを食べさせていただいて……嬉しゅうござんすよ」

おまきは伝法な口調で言った。目元が赤くなっている。

「最後？」

兎月はおまきの言葉を聞きとがめた。

「最後って、どういう……」

「はい、あたし、今日で店を閉めるんです」

「えっ⁉」

大五郎は大声を上げた。

「ど、どういうことだい」

おまきは店の中を見回し、最後に大五郎の顔を見た。大五郎は今は目をそらさず視線を受け止めている。

「亭主が死んじまって二年……なんとかやってきたんですけどね、田舎の方で嫁に来てほしいって話があって、決めてきたんですよ」

「え……」

「相手は幼馴染《おさななじみ》でよく知ってる人で……こんな女やもめでもいいって言ってくれて」

おまきは頭に巻いていた手ぬぐいを取って大五郎に深々と頭を下げた。

「親分さん、今までお世話になりました」

「お、おまきさん、俺は……」

大五郎はおまきの頭を見つめている。おまきはずっと下げたままだった。

「俺は、あんたを――あんたと……」

だが、大五郎はそれ以上言うのを止めた。一度ぎゅっと目をつぶり、次にはカラリと明るい顔で笑ってみせる。

「そう、かい。そりゃあよかった。あんたならどこへいっても元気でやれるよ」

おまきはようやく頭を上げた。

「ありがとうございます、親分さん」

「それじゃあお祝いしなきゃな。おまきさん、あんたの店の野菜は大五郎組が買い切った！　あとで若いのを寄越すから、全部やってくんな」

大五郎はそういうと、懐から財布を取り出し、それごとおまきの手に乗せた。

「お、親分さん、こんなにいただくわけには」

「釣りはご祝儀さね。じゃあ、達者でな！」

そういうと大五郎は兎月の腕を強引に引っ張った。

「先生、行きやしょう」

「おい、大五郎……」

「行きやしょう！」

大五郎は兎月に顔を見せず、ぐいぐいと腕を引く。兎月はおまきになにか言おうと思ったが思い浮かばず、そのまま大五郎に引きずられていった。

「……残念、だったな、大五郎。気を落とすなよ」

八百屋から十分に離れたところで兎月はそっと声をかけた。ずっと前を向いたままだった大五郎は、まだ振り向かない。

「きっといつか……いい人が見つかるよ」

ツクヨミも懐から顔を出し、上下に頭を振った。

「大丈夫ですよ、先生。そんな気を遣わないでくだせえ」

ようやく大五郎がこちらを向いた。泣いているかと思ったが、目に涙はない。しかし気弱な笑顔だ。

「あっしが悪いんですよ。堅気に惚れるなんてのが間違いだった」

「大五郎……」

兎月は自分の腕を摑んでいる大五郎の手を振り払い、両手で大五郎の肩を摑んだ。

「間違いだなんていうな。間違ってない。おまえが選んだのはいい女だった！」

「せ、先生」

兎月は大五郎の目をまっすぐに見つめた。

「おまきさんは菓子を美味しいと言ってくれた。ありがとうと言ってくれた。いい女じゃねえか。そんな女に惚れた自分をえらいって褒めてやれ。おまえは立派な恋をしたんだ」

「そ、そんな……こっぱずかしい……」

大五郎は赤くなった頰をぴたぴたと手で押さえる。

「俺はおまえの思いの深さを知ってるよ。今日はおまえにつきあっておまきさんのことをずっと聞いてやるよ」

「せ、先生ぇ……」

大五郎の目にうっすらと涙がにじんだが、それは零れ落ちはしなかった。

「わかりやした。ヤケ酒につきあっておくんなさい」

「おう、もう今から飲むか?」

「まだ朝ですよ」

兎月は大五郎と肩を組んだ。背の高い兎月と背の低い大五郎ではそれはかなりむずかしかったが、でこぼこな二人は無理やり組んだ腕をほどくことなく、ずっと町中を歩き続けた。

終

パーシバル邸の奥女中おふみは、その日のことをほとんど覚えていなかった。パーシバルの私室の掃除をしていたあとから記憶がなく、気づいたら屋敷の女中部屋で寝ていた。丸一日経っていたので驚いた。

酷く腹が痛んで、帯を解いて見てみると肌に青い痣《あざ》がついていた。なにか棒のようなものに当たったとしか思えない。

パーシバルが見舞いに来てくれて、そのせいでもう一度卒倒するかと思った。

「ワタシの部屋にはいろいろと不思議なものがあります。アナタはその気に当てられたのデスよ」

パーシバルに迷惑をかけたのではないかと、それだけが気がかりだったが、優しい主人はそんなことはないと否定してくれた。

その「気」の毒を抜くために、と、おふみは三日の暇をもらった。ゆっくりと里で養生してきてくださいと言われ、久しぶりに家に戻った。父や母の顔を見て、懐かしい家の味を味わい、たくさんおしゃべりをした。

話の内容はほとんどが主人のパーシバルのことだった。

おふみはお屋敷でお勤めをしているのが幸せだと両親に語った。

パーシバルは私室の壁に割れた能面を収めた額を下げた。真ん中から割れてしまえばもう売ることもできない。

しかし自分を慕ってくれた女の顔を捨てることも忍びず。こうやって飾っておくことにした。もうこの面には怪ノモノも付喪神もいないとツクヨミは言ってくれた。ただの美しい面だ。

客が来たらパーシバルはこの面の話をしようと思っている。

呪いの面だと言われ辛く寂しかった面が、最後に人に恋をしたのだと。

そのときどんなに美しく微笑んだか、どれほどその笑みに魅了されたのか、聞いた人が羨《うらや》ましがるほどに、語って聞かせようと思っている。

ヨコハマから来た、小さなレディ

序

「ツクヨミー！　ツクヨミいるんでしょう!?」

甲高い声を上げて少女が部屋に飛び込んでくる。布団の上にひっくり返っていた兎月は顔だけ動かして声の主を見上げた。

くるくると巻かれた金髪が夏の太陽のように少女の顔を縁取っている。光沢のある赤いリボンが頭上で今にもはばたきそうだ。

「サムライ！　ツクヨミはどこ!?」

「ここにはいねえぞ」

「ほんと!?　隠してないでしょうね！」

少女は青い瞳をきらめかせて言った。

「ないない」

少女は疑わし気に部屋の中を見回したが、すぐに髪を翻して廊下を走りだした。

「ツクヨミー！　出てきなさいー！」

少女の足音が消えてから、もぞもぞとツクヨミが兎月の布団の中から顔を出す。

「助かった……」

「相手をしてやりゃあいいじゃねえか」

「困るのだ、どう扱えばよいのかわからぬ」

「どうって……ガキ同士、仲良く遊べばいい」

「我は神だぞ！」

ツクヨミはぽんっと頬を膨らます。そういうところがガキだと言うんだ、と兎月は言葉に出さず苦笑した。


少女の名前はエリザベス・カーネルという。アーチー・パーシバルの姉の娘で、八歳になったばかりだ。彼女はつい昨日、使用人と一緒に函館にやってきた。

コートにもふくらんだスカートにも、暖かなあざらしの毛を使ったブーツにも同じ赤いリボンを結び、パーシバル商会の入り口に立った少女は西洋人形のようだった。

「アーチー叔父さま！　リズが来たわよ！」

リズは出迎えたパーシバルに飛びついてキスをした。

「三月だというのにこちらはまだ寒いのね」

「そうデスね。春らしくなるのは五月からデスよ」

横浜で貿易の仕事をしているカーネル夫妻の長女として日本で生まれた彼女は、完璧な西洋人の外見をしているが、普段は日本語で生活をしている。

「おうちの中を見たいわ、叔父さま」

「いいデスよ。案内しましょう」

パーシバルがリズを連れて商会と邸宅を案内している途中で兎月と会った。

「兎月サン、これはワタシの姪のリズ――エリザベス・カーネルデス。リズ、こちらは兎月サン。函館山の神社の方デス」

「こんにちは！　リズって呼んでくださいな」

リズは元気よく挨拶して、スカートを摘まみ、膝を曲げた。

「おお……よろしくな」

過日、異国の美少女に手ひどい目に遭わされた兎月は用心深い顔になってしまう。

「日本の言葉がたっしゃだな」

「あら、わたし、横浜で生まれて育ったのだもの。英語より日本語の方が得意よ」

「そうか」

「兎月さんは……もしかしてサムライなの？」

リズは赤いリボンを揺らして首をかしげた。

「え？　いや、まあ、……」

兎月はとまどった。気持ちは侍だが改めて聞かれるとどう返答していいかわからない。今の世の中には侍はいないのだから。

「リズ、なぜそう思うのデスか？」

パーシバルはどこか楽しそうな顔で言った。

「だって、叔父さまのお店の人とぜんぜん違うわ。それに……」

リズは兎月をじっと見つめた。パーシバルとよく似た青い瞳がきらめく。

「なんだか刀が見えるもの」

リズの言葉に兎月はぎょっとしてパーシバルを見た。そんな彼にパーシバルは指を立てて唇に当てる。

「リズ、兎月サンの神社に案内しましょう」

「え？　お外にいくの？」

「いいえ。冬の間ダケ、家の敷地内に神社を開いたんです。小さいですがちゃんと神様もいらっしゃいマスよ」

パーシバルの言葉にリズは「まあ」と小さな手をあわせた。

「早く見たいわ」

「ではこちらへ。兎月サンもどうぞ」

パーシバルはリズと兎月をつれて庭に降りた。御簾垣の扉を開けて神社の境内に入る。

「まあ、ほんと！　小さくてかわいらしいわ」

リズは大喜びで境内に駆け出し、そして再び歓声を上げた。

「アーチー叔父さまってば、うさぎを飼ってらっしゃるの!?」

社からわらわらと出てきた白いうさぎをみてリズが叫ぶ。兎月は驚いてパーシバルを振り向いた。パーシバルは愉快そうにうなずいて笑った。

「やはり彼女にも見えるようデス」

「じゃあ、あの娘も」

「ドルイドの血が流れているんでしょうネ」

リズは逃げるうさぎを一羽二羽と捕まえて抱きかかえたが、驚いた表情で顔を上に向けた。

「あら、だめよ！　神社の屋根になんか登ったら！　お行儀が悪いわ」

屋根の上にはツクヨミがいて、あっけにとられた顔でリズを見下ろしていた。

一

パーシバルは高い位置にいるツクヨミに丁寧に頭を下げた。

「ツクヨミサマ」

「この子はエリザベスと言いマス。ワタシの姪にあたりマス。しばらくの間逗留しマスので、よろしくお願いしマス」

「パーシバルに連なるものか」

ツクヨミは神社の屋根から飛び降りると、リズの正面に立った。ツクヨミの方が少しばかり少女より背が低い。

「こんにちは。リズよ」

「リズ、こちらはツクヨミサマ。この神社の神様デスよ。失礼のないようにネ」

パーシバルが紹介すると、リズは口に手を当てて目を丸くした。

「まあ神さま？　わたし、子供の神さまって初めて見たわ！」

「我や神使《しんし》たちが視えるということはおまえも巫の血を引くものか」

「カンナギってなに？　お母さまはケルトのドルイドの力だっておっしゃってたわ」

「神と対話できる力だろう？　それを我らは巫と呼ぶ」

この時点で大人二人は部屋の中に戻っていた。境内は狭いし、幼い二人が仲良く話をしているように見えたのだろう。

「ふうん……じゃああなたもこのうさぎさんたちの仲間なの？」

「仲間、だとぉ？」

ツクヨミは心外そうに顔をしかめた。

「うさぎたちは我のしもべだ。まったく無知とは恐ろしいな！　我はこの神社の主神、月読之命ぞ。畏まって崇め奉れ」

今度はリズが顔をしかめた。

「なにいってんのかわかんないわ！　だけど、こんなかわいいうさぎさんたちを家来にしていばっているなんて、ろくでもない子だっていうのはわかったわ！」

ぎゅっと腕の中のうさぎを抱きしめ頬を寄せる。

「ひどいわね、みんなわたしのおうちにいらっしゃい。あったかいお部屋でいくらでもタンポポやキャベツ《キャベッジ》を食べさせてあげるわ！」

それを聞いてうさぎたちがリズの足下に集まり出した。

『オレタチ　カワイイ』

『キャベッテ　ナンダ？』

『ソレ　ウマイノカ？』

ツクヨミはうさぎたちの態度に玉砂利の上で足を踏みならした。

「おまえたち！　我を裏切るのか！」

『サイキン　カミサマ　ウサギヅカイ　アライ』

『タイグウカイゼン　モトム』

うさぎたちは鼻をひくひくさせていっせいに耳を振る。ツクヨミは目を怒らせてリズの足下のうさぎを乱暴に摑み上げた。

「なにを言ってるのだ！　我の神使のくせに！」

「乱暴はやめてよ！　それでもあなた、主人なの⁉」

「我は神だ！」

リズはしゃがんで他のうさぎたちを腕の中に抱え込む。うさぎは怯えた振りをしてリズに鼻面を擦りつけた。

「そんな乱暴な神さまなんて見たこともないわ！　神さまだって言うなら毛虫の神さまよ！」

立ち上がったリズはツクヨミに向かって、あっかんべえと舌を出した。

「け、毛虫だとお！」

ツクヨミの周りでうさぎたちが顔を見合わせる。

『ケムシダッテ』

『タシカ　トゲツモ　ソウイッテタナ』

ツクヨミは足でうさぎたちを蹴散らした。

「うるさい！　おまえだってそんな黄色くてもじゃもじゃの頭、熟れすぎたとうもろこしではないか！」

「とうもろこしですって！」

リズは両手で頭を抱えた。腕に抱かれていたうさぎがあわてて下に降りる。

「ひどいわ！　そりゃあ長旅でちゃんとセットはしてないけど、お母さまが毎日ブラッシングして、わたしの髪は世界一って言ってくださるのに！」

「とうもろこしだ！　とうもろこし！」

「また言ったわね！」

リズは手を上げてツクヨミの頰をひっぱたく。ツクヨミは自分の頰に起きた衝撃がなんなのか一瞬わからなかったようで目をぱちくりさせた。

「き、きさま！　神に手を上げたな！　神罰がくだるぞ」

「なによ、毛虫の神罰なんて怖くないわ！　だいたい神さまってすぐにバチを当てるって、ずるいわよ！　バチなんか使わずわたしに直接かかってきなさいよ！」

リズは両手を腰に当てて胸を突きだした。

「な、な、な……」

「できないの？　やっぱり毛虫ね、弱虫毛虫！」

「このー！」

ツクヨミはリズのくるくるした髪を引っ張った。リズもツクヨミに飛びかかって髪を摑む。二人は地面に倒れ込んでぽかぽかペチペチとお互いを叩き始めた。

「リ、リズ！　やめなさい！　ツクヨミサマになんてことを！」

「ツクヨミ！　なにやってんだ、女の子に！」

部屋の中から微笑ましく二人を見守っていた大人たちが、仰天して飛び出してきた。

「リズ！　わきまえなサイ！　ツクヨミサマは神様デスよ！」

「ツクヨミ、おまえも神様だっていうならもっと器を大きく持てよ」

引きはがされても二人は足をばたつかせ相手に摑みかかろうとしている。

「だって叔父さま！　この子ったらわたしの髪の毛をとうもろこしって言ったのよ！

熟れすぎたとうもろこしって！」

「とうもろこし」

パーシバルはリボンもとれてくしゃくしゃになっているリズの頭を見て、吹き出した。

「ほんとうだ、はじけてポップコーンになっていマスね」

「ひどい、叔父さま！」

リズは振り向いてパーシバルを睨みつけた。

「その小娘は我のことを毛虫と言ったのだぞ！」

ツクヨミはリズに指を突き付けて怒鳴った。いつもふわふわとした白い髪が、今は、あっちへはね、こっちへはねしてぼさぼさだ。

「毛虫……」

兎月は目の下でもさもさと動いているツクヨミの白い頭を見て、苦笑する。

「そりゃ仕方ない、俺だって最初はそう思った」

「兎月！　きさま！」

二人は怒りの矛先をそれぞれの身内に向けた。

「これだから男の人って！」

「これだから人間は！」

リズとツクヨミは顔を見合わせる。互いへの怒りより、それを笑われたことの方が、頭にきたらしい。

「ツクヨミ、バチを当てるならこっちよ！」

「まったくだ！」

ツクヨミが言ったとたん、パーシバルの紬の肩に、兎月の頭の上に、鳥の糞が落ちてきた。

「ウワッ！」

「ひでえ！」

思わず離した手をすり抜け、リズとツクヨミは境内から駆け出した。二人は屋敷の中に入ると、鳥の糞を落とそうとしている大人たちを窓から見て笑った。

「すごいわ！　ツクヨミ！　ほんとに神さまなのね！」

「当たり前だ、恐れ入ったか」

ふんぞり返るツクヨミに、リズは笑みを浮かべて手を差し出した。

「毛虫って言ってごめんなさい」

「う、」

あっさりと謝るリズにツクヨミはとまどった。どういう反応をすればよいのかわからない。ツクヨミはリズの出している手のひらを見た。

「その手はなんだ？」

「握手よ、知らないの？　仲直りするときはこうするの」

リズは無理やりツクヨミの手を握った。

「わたし、一ヶ月はこちらにいるの。オソレイルからこれからもよろしくね」

「だ、だれがよろしくなどするか！」

ツクヨミはあわてて手を振りほどいた。

「そもそも神は特定の人間と仲良くしてはいかんのだ」

「でも人間と仲良くしないとお社も建ててもらえないし、お参りにもこないわよ？」

「社や参拝は人間の心のうちから自然と湧き起こる敬虔《けいけん》な気持ちがだな」

「ツクヨミの言うことむずかしくてわかんない。とにかくわたしはよろしくするわよ！」

そしてリズは一方的にツクヨミをかまい始めた。うさぎたちをかわいがるのは当然だし、ツクヨミの姿を見かけると遊ぼう、と追いかけてくる。

ツクヨミにとってもそんな人間の相手は初めてだろう。いやなら突き放せばいいと兎月は言ったが、「嫌いというわけではないのだ」ともごもご言い訳する。距離感をうまく測れないでいるという感じだ。

昨日一日追いかけ回され、今朝も朝早くからリズはツクヨミと遊んでいたようだ。

「あっ！　やっぱりいた、ツクヨミ！」

再びリズが襖を開けて顔を出した。

「しまった、見つかった！」

その背後からツクヨミの神使たちがわらわらと入ってきた。

『イタイタ』

『カミサマノケハイ　スグワカル』

「おまえたち……裏切ったな」

ツクヨミは前髪の下から神使たちを睨んだ。

『リズ　ビスキュイ　クレタ』

『リンゴジャムイリ！』

「懐柔されおって！」

リズは部屋に入ってくると、ツクヨミの腕を引っ張った。

「見つけたわ、こんどはツクヨミが鬼よ」

「ううう」

どうやらかくれんぼをしていたらしい。ツクヨミはリズにずるずると引きずられてゆく。その周りをうさぎたちが楽しそうに跳ね回った。

普段うさぎ同士で留守番させられている神使たちは、自分をかまってくれる人間がいることが楽しいのだろう。

まだ雪の残る庭を駆け回っているうさぎやツクヨミを見て、自分も彼らともう少し触れ合ってやればよかったかな、と兎月は反省した。

二

この北の大地でも三月になると、まだ雪は降るが、空気は穏やかに緩み水は温《ぬる》んできた。函館ではまず最初にマンサクの黄色い花が咲く。細い紐のような花びらが四方八方に伸びて、雪をかぶった枝を飾り付ける。このあとヒガンザクラや梅が咲き、町を彩ることだろう。

リズが来て三日目、パーシバルの提案で函館の市中に遊びにいくことになった。ぜひにと言われてツクヨミもうさぎの姿で兎月の懐に入っている。

「兎月サン、ツクヨミサマ。ワタシがリズに甘すぎると思ってませんか？」

パーシバルは、道端の雪を蹴とばして走ってゆくリズの後ろ姿を見ながら言った。

「リズの母は胸の病で療養中なんデス」

パーシバルは自分の胸を押さえて兎月にそっと言った。

「伊豆の方に行ってましてね、病が病なのでリズを手元に置くわけにもいかない。でも家にいても父親は仕事で忙しいし、帰ってこない母親のことを考えていると気もふさぐ。なのでこちらに遊びに誘ったのデス」

「そうか。元気そうに見えるがな」

リズがこちらを見て両手を振っている。

「リズの母はワタシの姉です。自分がしょんぼりしていればワタシも心配する……そう思って明るく振る舞っているのでしょう。みんなが構うのでちょっとワガママになってますが、根は優しいイイコなんデス」

「だとよ、ツクヨミ」

兎月は懐のうさぎの耳を軽くひっぱった。うさぎはいやがって首を振り、「ふんっ」と鼻を鳴らす。

「だから我を追いかけ回すのを見逃せと？」

「そういうわけじゃねえが、まあ誰にでも事情ってのがあるんだってことだ」

基坂を下りきるとたくさんの人がぞろぞろと海の方へ向かって歩いていた。みんな手に小さな紙を持っている。パーシバルも同じ紙をコートのポケットから取り出した。

「ちょうど今、曲馬団興行が函館の町にきているのデスよ」

パーシバルが持っていたのは引札《ひきふだ》と呼ばれる宣伝用の紙だ。そこには馬と女、それになぜか忍者の絵が描かれている。真ん中に黒々と「龍王座曲馬団」と記されていた。

昭和期にサーカスという名称で呼ばれるようになった曲馬団は、名前の通り馬上での曲乗りが中心だが、高い場所での綱渡りや大玉の上での宙返りなどの軽業《かるわざ》、動物芸なども行われていた。

函館の町にやってきた興行一座は大火で焼けて空き地になった場所に大きな天幕を張っている。海からの風が潮の匂いを運んでいた。

「へえ、けっこう規模が大きいじゃないか」

兎月は天幕の周りにはためく色とりどりのノボリを見上げた。曲馬団というものは実は見たことがない。子供の頃、故郷《くにもと》で見世物小屋なら入ったことがあるが。

「ワタシもニホンでは初めて見ます。引札によれば一座の目玉は千里眼《センリガン》の娘だとか。なんでも見通せて百発百中と有名らしいデス」

パーシバルは楽しそうだが、着物を着た金髪の西洋人、しかも小さな女の子連れということで、見せ物よりじろじろ見られている。函館はほかの町より異人が多いとはいえ、それでもまだ物珍しいのだろう。いやではないかと兎月は思ったが、「気にしないようにしていマス」とパーシバルは笑った。

「ねえ、ツクヨミはわたしが抱きたいわ」

リズは兎月の懐にいるうさぎに手を差し出した。うさぎはぎょっとしたように目を丸くし、もぞもぞと兎月の懐の奥に隠れてしまった。

「これでもけっこう重さがあるからな。お嬢ちゃんじゃずっと抱いているわけにもいかないよ」

兎月はうさぎの頭を撫でながら言った。

「平気よ、わたし、これでも力持ちだもの」

「人も多いから危ないだろ」

譲らない兎月にリズがぷうっとむくれる。

「叔父さま、サムライがイジワルを言うわ」

「わきまえなさい、リズ。いつもわがままが通るわけではありまセンよ」

たしなめられてますますリズの頬がふくれる。

「助かる、兎月」

ツクヨミが小声で言った。

「うさぎの体ではなにかされても逃げられないからな」

「なにをされるというんだ？」

兎月の質問にツクヨミはこわごわと答えた。

「あの小娘、……我に赤いリボンを結びたくてしょうがないらしい」

「似合うと思うぜ？」

兎月がからかうと小指をかまれた。

木戸銭を払って天幕に入る。客は地面に敷かれたゴザに座っていた。ざっと五十人は入れるだろう。けっこう混んでいるので、どこに座ろうかと兎月はあたりを見回した。

「兎月さん！」

背後から声をかけられ、振り向くと満月堂のお葉がおみつと一緒に立っていた。お葉は白地に青い小花を散らした着物を着て、厚手の羽織をまとい、別珍の黒い肩掛けを羽織っている。おみつは赤い襟巻を首にぐるぐると巻きつけていた。着物は普段通りの木綿だったが、頭にリボンを結んでいるのがかわいらしい。

「やあ、お葉さん、おみつ」

「こんにちは」

おみつは頭を下げて挨拶した。そのあとチラリとリズを見て、兎月に問いかける視線を向ける。

「ああ、この子はパーシバルの姪っ子のリズだ。こないだ横浜から来たんだ。リズ、満月堂っていう和菓子屋の主人のお葉さんと手伝いのおみつだ」

兎月が紹介すると、おみつはまたぺこりとリズに頭を下げる。リズの方はスカートのすそを摑んで腰を屈めた。

「こんにちは」

はっきりした日本語で挨拶するとおみつがほっとした顔になった。

「こんにちは……」

「わたし、エリザベス・コーネルよ。リズって呼んで」

「あたし、おみつ」

おみつは薄暗い天幕の中でもきらきらと輝いているリズの金髪に目を細めた。

「あの、髪、すごく、きれいね」

「ありがとう！　あなたの黒髪もすてきよ。そのリボンもかわいいわ」

おみつはクリスマスにもらったプレゼントについていたリボンを髪に結んでいた。そう言われて恥ずかしそうに頭に手をやる。

「パーシバルさまからいただいたの」

「そうなの!?　リズもほしいわ、叔父さま！」

ねだられてパーシバルは苦笑する。

「今度探しておきマスよ、リズ」

リズとおみつは端の方のゴザに座り、おしゃべりをはじめた。もうツクヨミのことなど忘れたようだ。ツクヨミは兎月の懐から顔を出してほっとしたような顔をする。

「曲馬団なんて珍しいもの初めてですよ」

そんな少女たちを微笑ましく見ながらお葉は兎月に話しかけた。

「俺も初めてだ」

「実はこれ……」

お葉は胸元から二つに折った引札を見せた。さっきパーシバルが持っていたものと同じだ。

「ここに千里眼ってあるでしょう?」

「ああ、目玉とかいうやつだな」

「おみつちゃんがどうしてもこの千里眼のお姫さまに会いたいって言うんですよ。おばあちゃんの病気のことを聞きたいって」

「ああ……」

おみつは両親を火事で亡くした後、祖母と二人暮らしだ。だが祖母は長患いで、寝たり起きたりの日々を過ごしている。祖母がいなくなればおみつはひとりぼっちになってしまう。

「最近、暖かくなってきたから具合がよくなったと聞いたんだがな」

お葉は悲し気な顔で首を振った。

「一時期は回復されたみたいなんですけど、最近また……」

「そうか、心配だな」

兎月とお葉はおみつたちの座っている場所に近づいた。兎月はお葉が隣に座るのかと少し体をずらしたが、彼女はおみつの後ろに腰を下ろした。微妙な距離感になんとなく肩すかしをくった気がする。

それでも兎月にはその距離を詰めることなどできない。空いた場所には知ってか知らずか、パーシバルが腰を下ろした。

やがて一座の座長、いや、団長というものが観客の前に出てきた。風船のように丸い体をして、それをぴっちりとした支那《しな》服で包んでいるのが笑いを誘う。龍王座という名称なので志那風にしているのだろう。大きな顔は油を塗ったようにテカテカと光り、髪は坊主に刈っている。足元はやたら大きな洋靴で、歩くたびに「ぷう」と奇妙な音を立てた。

「東西とぉーざい〜」と団長は声を張り上げ口上を述べた。

「わたくしどもは龍王座曲馬団。そもそもは大坂の堺で軽業一座として興行をしておりました。しかし世の中は逆転逆転また逆転。この新しい時代に我々も乗り遅れず、速足の馬どもを舞台の上で走らせることとあいなりました。そうして十年、技を磨き腕を磨き、今日この北の地での初興行！　みなさまごゆるりとお楽しみくださいませ」

口上が終わると軽快な三味線《しゃみせん》の音が流れ、舞台の上に白い馬が三頭現れた。その鞍《くら》の上で赤い支那服を着たかわいらしい少女たちが逆立ちをしたり、後ろ向きに乗って馬を歩かせたりする。団長からお膳を放られ、それを受け止めて積み上げたり、唐傘を広げて毬《まり》を転がしたりの芸を見せた。

「すごいすごい！」

リズとおみつは大喜びで両手を叩いた。

次に大玉に乗った男が現れ、のばした両腕にどんどん皿や茶碗を積み上げていった。玉があっちへ転がりこっちへ転がり、そのたびに積み重なった陶器がカチャカチャと鳴って不安をあおる。やがてぐらり、と揺れた瞬間、男は玉から飛び降り、茶碗たちを少しも欠けることなく受け止めた。さすがもとは軽業の一座、安定した芸だ。

それから火の輪が用意され、猿回しが猿に飛び越えさせようとしたが、猿は舞台で寝た振りをしたり、関係のないところでとんぼをきったりして、最後には猿回しが火の輪をくぐって笑いを取った。

次に出てきた高島田にかみしもをつけた女は、扇子の風で紙の蝶《ちょう》をみごとに羽ばたかせるという芸を見せた。一羽の蝶が二羽に、四羽に、そして八羽になって女の周りを飛び回る。美しい芸だ。

そのあとも切っていった紐を再び一本につなげてみせる奇術や糸繰人形など、趣向を凝らした芸で次々に客を楽しませた。

「ねえ、忍者はまだかしら？　引札には忍者の絵が描いてあったのよ。わたし忍者が見たいわ、おみつちゃんは見たことある？」

リズがこっそりと囁く。

「ううん、あたしも見たことない。忍者ってすごく強いのよね？　空も飛べるんだって」

おみつは真面目な顔で答え、横で聞いていた兎月は噴き出しかけた。

「ニンジャデスか。それはもうずいぶんと昔に滅んだと聞きマスよ」

パーシバルも小声で会話に入り、「ねえ？」と兎月に話を振る。

「そうだなあ、俺も忍者とは戦ったことがないな」

兎月は笑って答えた。

「忍者ってのはあれだろ、関ヶ原の戦い以降いなくなったんじゃないのか？」

「セキガハラ……？　ずいぶんと昔のことデスよね」

「ああ、なんせ徳川の世ができる前だからな。だから残念ながら忍者は……」

そんな彼らの話が聞こえていたかのように、団長が大声で言った。

「ではここで失われた伝統の技、忍者の術をお目にかけましょう！」

「忍者よ！」

きゃあっとリズとおみつが手を取り合って歓声を上げた。

現れたのは黒い覆面に黒装束の、まさに絵双紙に描かれる忍者の姿だった。

忍者は舞台の上でひょいひょいと跳びはね、中央に立つと両手で印を組む。とたんに足下からもくもくと煙が上がり、そのあと煙の中から華やかな振り袖の女性が現れた。

リズとおみつは息もできないほど興奮し手を叩く。

女性は振り袖のまま二回、三回と宙返りし、舞台の袖に消えた。するとすぐに別の袖から忍者が現れる。忍者は舞台の上で数人の男と立ち回りを演じた。

「ほう」

兎月はその太刀筋に感心した。

「あいつ、けっこう強いぜ」

「わかりマスか？」

パーシバルが興味深そうに兎月に囁いた。

「基本はしっかりしている。たぶん、元武士だろう」

兎月は舞台の上の忍者に視線を向けつつ、腰に手をやった。刀がそこにあるつもり、柄を握ったつもり、鯉口《こいくち》を切ったつもり、そして――。

ぱっと忍者が舞台から観客席を見た。黒い布で口元を覆って目しか見えない。その鋭い視線が兎月に向く。

兎月は忍者の視線を受け止めると心の中の刀を鞘に納めた。忍者は兎月を睨んだが、すぐに目線を元に戻し、舞台上の男たちと斬り結ぶ。

「今、なにかしたのデスか？」

パーシバルが舞台と兎月を交互に見ながら言った。

「いや、ただちょっと舞台に乱入するにはどうしたらいいかなと考えただけだ」

うそぶく兎月の腹をツクヨミが蹴飛ばす。

「兎月、やたらに殺気を撒き散らすな」

「ちょっと試しただけじゃねえかよ」

「もう刀で人を斬る時代じゃないのだぞ」

「わかってるよ」

兎月は手のひらでうさぎの頭をぐいっと押した。うさぎが「ブーッ」と怒って唸る。

立ち回りがおわったあと、団長が観客に向かって声を上げた。

「それでは勇気のあるお客様、どなたか忍者の手裏剣の的になってみたい方はいらっしゃいませんか？　なに、忍者は百発百中。絶対にお体に傷はつけません」

すると「はいっ！」とリズが手を挙げて立ち上がった。さすがにパーシバルがあわてて止めようとする。

「リ、リズ、だめデス、あぶないデス」

「大丈夫よ、叔父さま。忍者だもの！」

リズは自信たっぷりに答える。どこからその自信が来ているのかわからないが。

「リズちゃん……」

おみつが不安そうな顔をしてリズの手に触れたが、リズは安心させるようにその手を握り返した。

「おお、これはかわいらしい異国のお姫様！」

団長は満面の笑みを浮かべた。

「ぜひ舞台へどうぞ！」

リズは金色の頭をぐっとそらすと、押さえようとしたパーシバルの手をすり抜け、堂々とした足取りで舞台の上にあがった。異国の少女の姿に観客がどよめく。それにリズは軽く手を振った。まるで舞台の主人公のように。

「日本の言葉はわかりますか？」

団長が聞くとリズはうなずいて、「わたし、日本で生まれ育ったのよ」とはっきりとした声で返事をした。

「それは素晴らしい」

「そう？　あなたが日本語を話せるのと同じよ？」

リズの言葉に観客が笑う。団長も苦笑した。

「と、兎月サン、止めてくだサイ。ワタシはとても見ていられマセン」

「大丈夫だとは思うぜ。連中だってそれで飯を食ってるんだろうし」

とはいえ、さすがに万が一ということもある。兎月は懐に手を入れ、ツクヨミをつついた。

「どう思う？」

「大丈夫だ……」

ツクヨミが兎月だけに聞こえる声で囁く。

「あの忍者からは人を殺《あや》めた罪悪感や後悔を感じない。今まで事故は起きていないのだろう」

「そうか」

少し安心する。パーシバルにもそう耳打ちしたが、彼の心配そうな表情は変わらなかった。

「それでは姫君、こちらへどうぞ」

団長はリズを舞台袖近くに作った柱まで連れてゆき、そこに背をつけるように言った。そして手のひらの上にぱんっと紙風船を現してみせると、それを慎重に金髪の頭の上に載せた。

「それではみなさま。これから忍者が姫君の頭上の紙風船目がけて手裏剣を投げます。見事割れましたら拍手喝采！」

黒装束の忍者は舞台の端に立ち、大仰な身振りで手裏剣を観客に見せた。十字の形をした黒光りする手裏剣は、先が鋭くとがり恐ろしげだ。

おみつは口に手を当て怯えた様子で舞台上のリズを見上げた。その肩をお葉が後ろから抱いて、緊張した顔で見つめている。パーシバルは真っ青になって今にも倒れそうだった。

忍者は手裏剣を持った手を振り上げた。リズはしっかりと目を開いて忍者を見つめている。

忍者が手を振り下ろした。同時にパンッと大きな音がして、紙風船が割れる。リズの頭の上には十字の手裏剣が突き刺さっていた。

「な、投げるところが見えませんデシタ！」

パーシバルは両目を零れ落としそうなほど見開いている。おみつも手の下で口を開けていた。他の観客たちもあっけにとられていたが、やがて一人が拍手を始めたのにつられて大きな歓声となった。

「ああ、なるほどな」

兎月は薄く笑って壇上の忍者を見つめた。忍者はリズと観客に向かって頭を下げ、すぐに舞台の袖に引っ込んだ。

「なにがなるほどなのだ？」

懐の中でツクヨミが囁く。

「罪悪感なんかあるはずない。あいつ、手裏剣を投げてないんだ」

「え？」

「投げたように見せかけただけだ」

「だが紙風船は割れて柱に手裏剣が刺さっているぞ？」

ツクヨミは不思議そうに柱に刺さっている手裏剣を見上げた。

「そこがよくわからねえな。だが仕掛けがあるんだろう。さっきの手妻《てづま》みたいに」

「そうか。だが小娘が怪我をせず幸いだ」

観客たちの歓声に、リズは満面の笑みを浮かべて両手を振っていた。完全に舞台の主役だった。

興奮して赤らんだ頰のままでリズは舞台から降りてくると、下で待っていたパーシバルに飛びついた。

「見た？　見ててくれた？　叔父さま！」

「見てましたよ。もう、ワタシの心臓を止めるようなことはしないでくだサイ」

パーシバルは何度も幼い姪の頭を撫でた。

「こんなことが君のママに知れたら、ワタシは殺されてしまいマス」

「特別な体験だったわ。あの忍者さんもとてもステキだった」

桟敷《さじき》に戻るとおみつが「すごいわ、勇気があるのね、リズちゃん！」と拍手をした。

「でもわたし、思わず目をつぶっちゃったから、いつ手裏剣が飛んできたのか見えなかったの。残念だったわ」

リズは本当に残念そうに顔をしかめる。

「あたしも見えなかったわ。手裏剣って速いのね」

リズもおみつも喜んでいるようだから、野暮なネタばらしはやめておこうと兎月は真実を胸に秘めることにした。

しかし、どうやって投げずに紙風船を割り、手裏剣を柱に突き立てたのかわからない。曲馬団とは不思議なことをする一座だ。

次に現れたのは四人の男の担ぐ輿《こし》だ。美しい造花で飾られている。その上に真っ白な長い髪の少女が座っていた。まるで雪で作った人形のような美しい少女だ。

長い睫毛《まつげ》を伏せ目を閉じているその顔は、どこか悲しげに見える。年はおみつやリズよりは上だろうが、まだ幼い頬をしていた。

「お次は当曲馬団の花形、白山姫さまの登場でございます。姫さまは目は見えずとも山の神様のお力で千里眼。心の目ですべてを見通す。先のことや遠い場所で起きていることと、吉凶、失せもの、なんでもござれ。さあさあ、姫さまのお言葉を欲しいという方はいらっしゃいますか？」

団長の口上が終わるやいなや、「はい」「はい」と観客の中から手が挙がった。

「ではそちらのご新造さん」

団長が当てたのは、丸髷を結った女だった。継ぎを当てた木綿の着物を着て、縞《しま》の前掛けをしている。女はその前掛けを両手で握ってしわくちゃにしていた。

「あの、あの、うちの亭主のことなんですが」

女がそう言うと、白山姫が胸の前に腕を上げ、手のひらを見せた。長いたもとの袖口から覗く腕は、着物が重いのではないかと心配になるほど細かった。

「あなたのご亭主は……飾り職人ですね」

声は意外と大きく澄んでいた。

「そ、そうです、なんでわかるんですか」

女は驚いた様子で声を上げた。

「あなたの悩みもわかります。最近、ご亭主は帰りが遅い。お金も以前のようにいれてくれなくなりましたね……」

白山姫の悲しげな顔は女に同情しているようにも見える。

「そう、そうなんです！　ああ、なんてこと！　なんでもおわかりなんですね」

「わたしには見えます。あなたのご亭主は天神町の方で女性と会っていらっしゃいます。近々、あなたを捨ててその人と一緒になるつもりです……」

観客がざわつく。身近で下世話な話に興味がひかれたらしい。

「なんだって⁉」

しかし当事者の女にとっては面白い話のはずがない。見る間に形相が変わり、怒りに険しい顔となった。

「でも今なら間に合います。ご亭主はまだあなたへの気持ちが残っている。激しく迷っておいでです。今日、ご亭主にあったら素知らぬ振りで優しくしてあげてください。そうすればご亭主は心を入れ替え、あなたに謝ることでしょう……」

「あんちくしょう！　とっても許せるもんじゃないよ！　とっちめてやる！」

優しくしろと言われたのに、女は怒ったまま桟敷から飛び出していった。観客は今のやりとりをぽかんと見ていたが、次の瞬間、わっと沸き、にわかに我も我もと手を挙げ始めた。

「では、そちらのいなせなお兄さん」

団長は、後ろの方で立ち見をしながら飛び跳ねている若い男を指さした。

「へい、おいら漁をやってるものなんですがね！」

若者はぴしゃんと自分の額を叩いた。観客全員に聞こえるほどの大声だ。

「そろそろ身を固めておっかあを安心させてやりたいんだが、嫁の当てがないんだよ。どっかにいい嫁はおりませんかね！」

若者の言葉に観客がどっと笑う。

「嫁くらい自分で探せよ、甲斐性なし。なんのための網なんだ」

「あたしが嫁にいったげようか」

観客が声を上げ、またそれに笑い声が起きる。さきほどのような愁嘆《しゅうたん》場ではなく、明るい望みだからだろう。

「あなたのお嫁さんは梅が咲く頃見つかります……」

白山姫は顔を上げ、両手を広げた。明るい言葉だが顔も声も悲しげなままだ。

「その人はどこかよそから来る人ですが、とてもいい人です。子供もたくさんできるでしょう。あなたはその人を迎える前に、家の壊れた壁を直した方がいいですね……」

「へっ、うちの壁のことまでご存じたあ驚いた！」

漁師の若者はまた額をぴしゃりと叩いた。

「それなら今日戻ったら、さっそく穴をふさぎやす！」

「がんばれよ！」

「おめでとう！」

観客から声が飛び、明るい笑い声が起こる。しかし白山姫はにこりともしないで黙ってうつむいた。

「……あの娘、嘘をついてるな」

ツクヨミうさぎがもぞもぞと兎月の懐から鼻をうごめかして言った。

「うそ？」

「罪悪感が流れている。最初の女のときも今の男のときも」

兎月は心細げな顔をしている舞台上の娘を見上げた。

「しかし、女のときは亭主の仕事を当てたぞ？　今だって野郎の家の壁の穴とか」

「さきほどの手裏剣のときのように、きっとなにか仕掛けがあるのだ」

そのあとも失せもののありかや畑の収穫のことについて聞くものが現れ、白山姫は悲しげな顔のまま次々と答えた。

「さて、姫さまはお疲れです。これを最後にいたしましょう」

団長が言ったとき、今までおとなしくみていたおみつが「はいっ」と元気よく手を挙げた。団長はおみつを見るとにっこりした。

「ではそちらの小さなお客様」

指名されておみつは立ち上がった。緊張した顔つきで輿の上の白山姫を見上げる。

「あの、あの、あたし、おみつです」

おみつは震える声で言った。

「あたし、おばあちゃんと暮らしてます。おばあちゃん、病気なんです。お医者さまに診てもらってお薬もらってるんですけど、おばあちゃん、治りますか？　元気になりますか？」

おみつの懸命な声に観客もしん、と静まりかえった。白山姫は悲しげな顔をおみつの方に向けた。

「……大丈夫。きっとよくなりますよ」

わっとおみつは声を上げた。大きな目にみるみる涙が浮かぶ。

「ありがとうございます！　ありがとうございます！」

おみつが泣きながら頭を下げると、観客ももらい涙を袖で押さえた。温かな拍手に包まれおみつはゴザに座り、後ろのお葉にすがりつく。

「よかったわねえ、おみつちゃん」

お葉の優しい手が何度もおみつの頭を撫でた。

「……ツクヨミ、今のは」

「嘘だな」

ツクヨミは気の毒そうに、しかしきっぱりと断言した。

「罪悪感が大きい。しかし、祈りもある。あの娘、嘘はついているがおみつの幸せを心から願っている」

「そうか……」

白山姫は輿に乗せられ舞台から退出した。拍手喝采の中で、少女の悲しげな顔つきは、最後まで変わらなかった。

そのあとはまた馬が出てきて華やかな舞台となった。三味線や太鼓にあわせ少女たちが馬上で軽やかに舞う。右に左にと頭を下げ、最後に中央に向かって深々と礼をした。興行の終わりだ。

「ありがとうございました」

団長が舞台の終了を告げ、観客の拍手を受けて幕が下りた。

「おもしろかったですねえ！」

お葉はすっかり感激している。

「馬やお猿さんがかわいかったわ」

リズは馬上で踊っていた少女の真似をして桟敷の上でくるくると回った。

「帰ったらおばあちゃんにお話しなくちゃ！」

おみつも興奮していた。それを嘘だと水をさすのもかわいそうなので、やはり今回も兎月は黙っていることにする。だが、からくりがわからないのはちょっともやもやした。

「パーシバル」

そこで異人の耳に吹き込んでみる。

「ツクヨミがあの白山姫の言葉は嘘だというんだが、どう思う？」

「ああ、あれはデスねえ」

パーシバルは苦笑し、リズやおみつに聞こえないように小声になった。

「アメリカでもああいう占いはありました。まれには本物もいるようデスが、大概はイカサマ、詐欺デス」

「ほらみろ」

ツクヨミが得意げに言う。

「しかし、事実を当ててもいたじゃないか」

そんなにきっぱり否定されると逆に反発心も出て、兎月は口をとがらせる。説明がなければ納得しないぞと。

「あのやり方は二通りありマス」

「ほう？」

ツクヨミも興味を持ったようで顔を覗かせる。

「ひとつは」と指を一本立てる。「あらかじめ相談者の背景をさぐっておくことデス。

しかし、今回は舞台でたくさんの観客の中から選んでいた、つまりその方法ではナイ」

うん、と兎月はうなずいた。ツクヨミも何度も頭を振る。

「もうひとつは?」

パーシバルはたくらみを打ち明けるかのように、にやりと笑った。

「観客が一味」

「ああ!」「なるほど!」

兎月とツクヨミは同時に大声を上げてしまい、おみつとリズを振り向かせた。

「どうしたの? サムライ」

リズが首をかしげる。それに兎月はあわてて手を振った。

「いや、なんでもない。ちょっとうさぎにかまれただけだ」

「そうなの? ツクヨミってばいたずらっ子ね」

罪をなすりつけられたツクヨミは怒って兎月の腹を蹴る。兎月は「いてて」と腹を押さえた。

「大人たちは全員この曲馬団の一味でしょう。最後におみつちゃんを当てたのは、子供だから大した望みを言わないと考えたからだと思いマス」

「なるほどなあ」

あとはあの手裏剣のタネさえわかればすっきりする、と思って考えていると、パーシバルが「ちょっと曲馬団の舞台裏《バックヤード》に行きたいのデスが」と言ってきた。

天幕の裏側に行くと、先ほど舞台にいた軽業の少女たちが休んでいた。パーシバルが少女の一人に話しかけると、おしろいが塗られていてもわかるくらい頬が赤くなる。

「お仕事の話をしたいので、オヤカタサンに会いたいのデスが」

そう言うと、少女たちは三人とも大急ぎで走っていった。

「仕事ってなんだ？」

「はい、占いはともかく、曲馬や軽業はとても見事な芸デシタ。パーティの余興に出演していただければと思いまして」

「ああ、そうか」

函館には多くの外国人がいる。遠く故郷を離れている寂しさからか、彼らは頻繁に交流を行い、しょっちゅうどこかしらでパーティが催されている。だが、その回数が多ければ多いほど、内容に飽きもくる。

パーシバルはそんな彼らのために目先の変わったイベントを開催しようというのだろう。

おみつやリズは馬の世話をしたり、大道具を運んでいる男衆たちを興味深げに見ている。そこへ団長が駆けてきた。

「へ、あっしがこの一座の団長の徳松《とくまつ》と申します」

衣装を脱いでいたのか、支那服の前止めが全部はずれていた。それを止めながら頭を下げる。急いで止めるのでひとつずつずれていたが気づいていないようだった。

「ワタシは函館で商売をしているパーシバルと申しマス。大変すばらしい芸を見せていただきマシタ。個人的にあなた方にお仕事をお願いすることは可能デスか？」

パーシバルの言葉に不安そうだった徳松の表情が明るくなった。

「はいはい、ありがとうございます。あっしらは大阪や仙台でもお屋敷のお庭を借りまして曲馬の芸を見せたことがございます」

徳松は満面の笑みで答えた。

「それではチョットご相談させてくだサイ」

「かしこまりました。すぐそこにあっしらが借りている宿がありますから、そちらへどうぞ」

徳松は先に立って案内しようとしたが、ふと、気づいたようにリズとおみつを見た。

「こちらはパーシバルさまの御身内で？」

「ええ、そのようなものデス」

「先ほどはありがとうございました、お嬢さま」

団長はリズに丁寧に頭を下げた。リズもそれを受けてスカートを摘まみ、膝をかがめる。

「お嬢さまたちは話の間待つのも退屈でしょう。団の動物などをお目にかけましょうか？」

団長の申し出に、リズが顔を輝かせてパーシバルを見上げた。パーシバルは苦笑し、

「ありがとうございマス」と団長に礼を言った。

「どういたしまして。今、案内をさせましょう」

徳松は自分を呼んできた軽業の少女に向かい「お嬢さまたちを案内してさし上げろ」と言った。

軽業の少女はうなずくと、「なにが見たい？」とリズたちに聞いた。

「おうま！」

リズが答えると「こっちよ」と背を向けた。リズはおみつに手を差し出す。おみつはおずおずとお葉を見上げた。

「リズさんに迷惑をかけないようにね」

お葉が微笑んでうなずくと、ぱあっと顔を明るくする。

二人は手をつないで案内の少女の後ろについた。楽しそうに笑いあっている。

「ではちょっとお仕事してきマス」

パーシバルは兎月とお葉に手を振って、徳松と一緒に歩いて行った。

残された兎月はお葉を天幕の正面の方に誘った。空き地の入り口に焼け残った木々が緑の葉をつけている。何の木かまではわからなかったが、明るい色の小さな葉が風に優しく揺れていた。

「おみつはリズとはしゃいでいるとほんとにまだまだ子供なんだな」

兎月の言葉にお葉もうなずいた。

「ええ、普段しっかりしすぎているから、わたしもついつい頼ってしまうんですけど……考えてみればまだ八つですものねえ」

「俺は八つのときは剣術ばかりだったな」

「わたしはなにをしてたかしら」

思い出そうとしてもわからない。子供のときは駆け足で通り過ぎてゆくだけだからだ。

飾り付けられた曲馬用の馬を間近に見たあと、志那服を着た猿の宙返りを特別に見せてもらった。それから案内してくれた少女にお礼を言って二人はパーシバルのもとに戻ろうとした。

三

「あら？」

途中でリズが立ち止まった。

「どうしたの？」

顔を巡らせて何かを探しているようなリズに、おみつが尋ねる。

「誰かが泣いているわ」

「泣いてる？」

「泣き声が聞こえるの」

おみつも両手を当てて耳をすませたが、なにも聞こえなかった。

「こっちよ」

リズはおみつの手を握って大道具が積み上げられている場所に向かった。

「リズちゃん、勝手にいっちゃ叱られるよ？」

「でもとても悲しそうなんだもの」

大道具には今回使われなかった紙の釣り鐘があった。リズはそれを指さした。

「この中よ」

リズはしゃがみこむと釣り鐘に耳を当てた。

「そこに誰かいるの？　閉じこめられたの？」

おみつには聞こえなかったが、確かにこの中に閉じこめられたら泣いてしまうだろう。

「今、助けるわ」

リズとおみつは二人で力をあわせて釣り鐘を持ち上げた。紙でできてはいたが、案外と重量がある。

「あ、」

半分ほど持ち上げて、二人は驚いた。中にいたのはあの白山姫だったからだ。

「白山姫さま！　どうしたの!?」

白山姫は頬を涙で濡らしていた。舞台の上にいたときは人形のようにも見えたのに、今はただの女の子の顔をしている。

「だれかにいじめられたの？　こんなところに閉じ込めるなんてひどいわ！」

白山姫はリズとおみつを見た。その目は今はぱっちりと開いていて、視力があることがわかる。

「……違うの、わたし、隠れていたの」

白山姫は小さな声で答えた。

「隠れてた？」

「みんなの前では泣けないから」

城山姫はそう言って涙を拭った。リズはおみつと顔を見合わせる。

「あなたたち……どうしてここに？」

「叔父さまがお仕事の話をしている間、馬を見せてもらっていたの。ねえ、どうして泣いているの？　なにか悲しいことがあるの？」

「あなた……さっきおばあちゃんのことを聞いた子ね」

白山姫は目をぱちぱちと瞬かせ、おみつに言った。

「うん、白山姫さま、ありがとう。あたし、とてもうれしかった！」

おみつは釣り鐘を持ち上げたまま頭を下げた。それに白山姫は首を横に振った。

「ごめんなさい、あれは嘘なの」

「えっ？」

白山姫は自分の白い髪に手をやった。髪に指を絡めてひっぱると、白い髪がばさりと抜ける。その下には肩先で切りそろえた黒髪があった。

「これもかつらよ。わたしは白山姫なんかじゃないの。千って言うの、ただの、お千よ」

「わたしは会津の武家の出なの。御一新で会津は賊軍の汚名をきせられ、父も戦いで失ったわたしたちの生活は困窮したわ」

おみつとリズは白山姫――今は千と名乗る娘と一緒に紙の釣り鐘の中にいた。釣り鐘はあちこちに隙間があり、薄い陽が差し込んでくる。

「わたしには母と小さな弟と妹がいるんだけど、母が近所からいただく仕事ではとても食べていけない。だけどわたしには生まれながらに不思議な力があったの」

「それが千里眼ね」

リズが言うとお千は浅くうなずいた。

「小さな頃はとてもよく見えたわ。明日のことも一年先のこともわかったの。その力で占いなどをしてなんとか生きてきた。だけど妹が病気になって、まとまったお金が必要になったの……そこへ徳松親方がわたしの噂を聞きつけてきたの」

お千は白髪のかつらをぎゅっと握りしめた。

「親方はわたしと母に大金を差し出して、わたしを五年の年季で買ったの。わたしは悲しくはなかった。これで母も兄弟たちも楽ができると思ったから。親方はわたしにこのかつらをつけさせて、目の見えない振りをさせて、白山姫と名乗らせた。旅から旅の生活は大変だったけど楽しいこともたくさんあったわ。なによりせまい郷《くに》しか知らなかったわたしには、見知らぬ景色を見ることがうれしかった。でも」

お千は震えるため息を吐き出した。

「だんだんとわたしの千里眼の力がなくなっていったの。郷を離れれば離れるだけ。もうなにも見えないって親方に謝ったんだけど、そのときには白山姫の名前は有名になり過ぎていた。親方は看板は下ろせないって」

「だけど、今日はちゃんと当てていたじゃないの」

お千はリズの言葉に力なく首を振った。サラサラしたおかっぱの髪が頬を打つ。

「あれも嘘よ、親方が選んだ人はみんなサクラ……一座の人なの。お芝居なの」

「ほんとに!?　あのおかみさんも、漁師さんも、おじいさんも？」

「ええ、そうよ。そして親方は最後に一人、いつも子供を当ててるの。子供なら他愛のないことしか言わないから、どんなことを答えても大丈夫だって」

パーシバルの言った通りだった。その言葉は希望をいだいていたおみつを打ち倒すには十分になる。

「そんな……」

顔をこわばらせるおみつの手を、お千はぎゅっと握った。

「ごめんなさい。嘘をついて。でも、わたし、あなたのおばあさまがよくなることを心から願うわ。強く強く願うわ」

「……」

おみつはうつむいた。さっきあれだけ喜びに膨らんだ胸が、小さな堅い石になってしまったようだった。

「それで」とリズは厳しい口調で言った。

「あなたは泣いていたの？　自分の嘘が許せなくて」

「それもあるけど……」

お千はおみつの手を離し、顔を覆った。

「母が……母さまが病気なの。わたしは今はなにもわからなくなったけど、これだけはわかる。母さまが危ない、って。だからわたし、家に帰らせてほしいってなんども親方に頼んでいるの。だけど親方は北海道を回り終わるまでだめだって」

指の間からぽたぽたと涙が地面に落ちた。

「そんな。ひどいわ！」

おみつは思わず叫んだ。

「あたしだって会えるものなら会いたい！　だけどおかあちゃんもおとうちゃんも火事で死んでもう会えないの！　お千さんは会わなきゃだめよ」

「おみつちゃん……」

「絶対会わなきゃだめよ！」

おみつはお千の胸にしがみついた。泣きじゃくるその背中をお千はそっと撫でる。リズもおみつの髪を撫でた。

「その通りよ。わたしだって……」

リズも青い瞳を潤ませる。

「ママに会いたい。病気が伝染《うつ》ってもいいからママといたかった。横浜のおうちで毎日窓の外を見てママが帰ってくるのを待ってたわ。もしママが死んでしまったら……もう会えなくなっちゃったら……」

「リズちゃん」

おみつは涙を拭ってリズを見つめた。

「そうだったの。リズちゃんもかわいそう」

「ママに会いたい……」

「そうよ、そうよね」

三人の少女はそれぞれの胸の中の母親の面影に涙を零した。

「わたし、決めたわ」

お千は小さな声で、しかしきっぱりと言った。

「やっぱりここを出て行くわ。最後にあなたに会って謝ることができてよかった」

「出て行くって、どうやって一人で会津まで帰るの？」

リズはお千の顔をじっと見つめた。決意を固めたお千の表情は青白く光っているようだった。

「港にいって船に乗せてもらう。だめなら忍び込む。でなければお金持ちの人に取り入って使用人でも妾《めかけ》にでもなって……とにかくなんとかして船に乗って北海道を離れるの。本州につきさえすれば南へ南へと進んで磐梯山《ばんだいさん》を目指すつもり」

「危険だわ」

「平気よ。ただここから逃げだすのが一番むずかしいかも」

三人は顔を見合わせた。静かな呼吸が釣り鐘の中に満ちた。

「いい方法があるわ」

そう言ったのはおみつだ。

「これなら絶対逃げられる」

そしておみつは自分の考えを二人に伝えた。お千もリズもおみつの大胆な作戦に驚く。

「だめよ、そんなの。おみつちゃんが危険だわ」

お千は激しくかぶりを振った。その両肩に手を当てておみつは安心させるように笑う。

「大丈夫。あたしはこれでもすばしっこいから隙を見て逃げ出すわ。そもそもあたしはただの子供だもん、誰も気にしないわ」

「だけど」

「……そこまで決めているのなら、わたしも協力する」

リズが言った。

「船に乗るのも助けてあげる。港まで行ってパーシバル商会の名前を出せば船に乗せてもらえるかもしれない！」

兎月とお葉は子供たちを捜していた。馬を見に行くと言って天幕の裏へ行ってからずいぶんたっている。パーシバルも商談が弾んでいるのか戻ってこないし、日が暮れてだんだん寒くなってきていた。

「なにをしているのかな」

「まさか、先に帰ってしまったんでしょうか？」

まあ、この場所なら満月堂まで子供の足でも帰れる距離ではあるが、と思いつつも兎月は首を振った。

「お葉さんに黙って勝手に帰るような子じゃないだろ、おみつは」

「そうですね」

だが外に出てしまったという可能性はある。なんとなく一座の木戸のところにいたが、待ち合わせ場所を決めていなかった。

「ぐるっと回ってみるよ、お葉さんはここで待っていてくれ」

兎月はそう言って歩き出した。

兎月は天幕の裏の方に回ってみたが、リズとおみつの姿は見えなかった。おみつはともかくリズは金髪だし洋装だし、目立つはずだが……。

「兎月、いたぞ」

うさぎが腹の中で足を跳ねさせた。

「いてえ！　おまえ、もう少し手加減てのを……」

兎月がツクヨミの指し示す方を見ると、洋装の子供と着物の子供が手をつないで走っていく。方向は港の方だ。

「どこいくつもりだ、あいつら」

兎月は着物の前身頃を摘まんで駆け出した。

「おい、なにかおかしくないか？」

懐で揺られながらツクヨミが言う。

「おかしい？」

「おみつはあんなに背が高かったか？」

確かにおみつの身長がリズより高くなっているように見える。

「ほっかぶりのせいじゃねえか？」

おみつは首に巻いていた赤い襟巻きを今は頭にかぶっている。

「リズ！　おみつ！」

兎月は走っていく二人の子供の背中に怒鳴った。しかし二人は立ち止まるどころか、ますます勢いを増して駆けてゆく。

「こら！　おまえら、いいかげんに……っ」

ようやくおみつの肩を掴まえこちらに引き寄せた。その勢いで、おみつはよろけて兎月の腰にぶつかった。頭にまきつけていた襟巻きが落ちる。

「おっとすまねえ」

兎月は地面から襟巻きを拾い上げた。そしておみつの顔を見ると――、

「えっ!?」

そこにいたのは見知らぬ少女だ。

おみつの着物を着て襟巻きをして、しかし顔が違う。背も違う。

「これはどういうことだ？　おみつはどこだ、リズ」

「サムライ、これにはわけがあって……」

「おみつはどこにいるんだ、リズ」

兎月が怖い顔をしてみせると、二人の少女はうなだれた。


同じ頃、龍王座曲馬団では騒ぎが起こっていた。一座の花形でもある千里眼の白山姫がいなくなってしまったのだ。

「片づけているときからいないなあと思ってたんだが」

いなせな漁師役をやった青年がぴしゃりと自分の額を打つ。

「お千ちゃん、ずっと帰りたいって言ってたからねえ、逃げちゃったんじゃない？」

蝶を飛ばす女芸人はかみしもをつけた衣装のまま、いぶかしげに首をかしげる。

「おい、こんな小娘が紛れ込んでたぞ！」

大道具を片づけに出ていた男が幼い少女をひっぱってきた。

「それ、お千ちゃんの衣装じゃないの」

少し大きめの着物を着ているのは、自分のものと取り替えたおみつだった。おみつは口をきゅっと結び、きかんきな目をして一座の人間を睨みつけている。

「どういうこってしょう、兄さん」

一座の人間の中心にいたのは、覆面こそしていないが、手裏剣投げを見せた忍者だった。鋭い目でおみつを睨んでいる。

「親方はどうしてる？」

忍者は大道具の男に聞いた。

「それが今、どなたかと新規の仕事の話をしているようで……」

「そうか」

忍者は自分を睨んでいるおみつを見下ろした。

「……この娘、お千に占ってもらっていた娘だな」

あっと漁師役の男が額を叩いた。

「そういやぁそうですね」

「一緒にいたのはあの異人の娘だよ」

女芸人はおみつのあごを指先で持ち上げた。

「いったいどういうつもりなんだい？　お嬢ちゃん。こんな巫山戯《ふざけ》た真似をして、ただですむと思っているのかい」

「お千さんはうちへ帰りたがっているの。だからあたしたちが助けたの」

おみつは大人たちに取り囲まれても怖れずに声を上げた。声が震えてしまうのは仕方がない。

「お千さんをおっかさんに会わせてあげて！」

「……そうか、わかったぞ」

忍者は腕を組むと周りを見回した。

「お千は拐かされたんだ」

仲間たちがざわりとどよめく。

「こいつら、俺らと同じような芸事の座の人間だ。今思えば娘のそばにいた目つきの悪い男、俺に向かって殺気を送ってきやがった。それにやたら悪目立ちする異人の男。ただの物見遊山って感じじゃなかった」

「そういえば」

全員がうなずく。金髪の異人は確かに曲馬団の人間より目立っていた。

「白山姫の評判に、拐かそうと思ったに違いねえ。あの異人の娘っ子、どうりで度胸があると思った。絶対素人じゃねえ」

忍者は低く言い切った。

「そんな。今のお千ちゃんに千里眼の力のないことがばれたらどうなんの！」

女芸人は悲鳴のような声で叫んだ。

「俺たちの評判は地に落ちる。なんとしても奪い返さなきゃ。おい、男衆を集めろ！親方が戻る前に片をつけるぞ」

忍者が怒鳴り、男たちが「おおっ」と声を上げた。おみつは驚いた。話が違う方向へいこうとしている。

「待って！　リズちゃんはそうじゃないの！　お千さんが家に帰るのを手伝っているだけなの」

「うるせえ、このガキを縛り上げろ！　人質だ」

おみつはあっという間に縄でぐるぐると縛り上げられ、女芸人の手元に置かれた。

「異人のガキだ、目立つはずだ、すぐ追いつく」

忍者の命令で男たちが手に手に棍棒や天幕を下ろすときに使う手鈎棒《てかぎぼう》を取った。着物のすそをからげて走り出す。

「この娘の始末は親方に決めてもらう。どこの一座だかしらんが目にものみせてやる」

忍者は言い捨てて走り出した。

「どうしよう……」

思ったより大事になってしまった。リズちゃんとお千さんは大丈夫だろうか？　第一リズが他の一座の人間だと誤解されて、あの棍棒で殴られたら。

「どうしたんだい、みんなどこへ行ったんだ」

そこへ龍王座曲馬団の団長、徳松が戻ってきた。後ろにパーシバルが立っている。

「あっ、親方！　あ、そ、その男！」

女芸人はパーシバルに向かって指を突きつけた。

「親方！　そいつはお千ちゃんを拐かした、よその一座の男だよ！」

「はあ？」

徳松が目をぱちくりする。パーシバルの方は女芸人の手元に縛られたおみつがいるのを見て仰天した。

「おみつサン！　どうしたんデスか！」

「パーシバルさま！」

おみつの目からこらえていた涙が零れた。

「助けて！　リズちゃんが、お千さんが！」

四

兎月は大通りでリズから白山姫――お千の話を聞き、唸っていた。茜《あかね》色の黄昏時、帰宅する人々が急ぎ足で通り過ぎてゆく。

「気持ちはわかるがな……」

遊女の足抜けみたいなもんじゃないのか、とは思っても言わない。逃げ出された一座の者たちは激怒しているだろう。

「いったん戻っちゃくれねえか？　残ったおみつが心配だ」

「でも、そうしたらお千さんは帰れなくなるわ」

「大人同士で話してみるよ。俺は頼りにならないかもしれねえが、大五郎って顔のきくやつを知っている。パーシバルだって力になってくれるだろう」

こういうときヤクザと商人は役に立つ。興行関係はヤクザとのつながりが強いからだ。

「でも」

それでも心配そうなリズに、ツクヨミが兎月の懐から顔を出して、足下に跳ねた。

「ツクヨミ……」

うさぎは大丈夫、というように首を何度もうなずかせる。リズはツクヨミを抱き上げて柔らかな毛並みに鼻を埋めた。

「リ、リズさん、そのうさぎ……なに？」

お千がよろりと体を揺らして一歩さがった。

「え？　あ、この子、ツクヨミ。ええっと……神社のうさぎなの」

リズもツクヨミのことを吹聴して回る娘ではない。あくまでもただのうさぎとして扱った。

「そのうさぎ、……すごく眩《まぶ》しい。尋常なうさぎじゃないでしょう？」

「え」

リズはツクヨミを見て、それから兎月を見上げた。

「ええっと……お千さん、わかるの？」

「わかるわ。とても神々しいもの」

するとツクヨミはリズの腕の中で頭をもたげてそっくり返った。

「ふむ、わかるものにはわかるのだな。確かに我は月読之命、宇佐伎神社の主神である」

「ああ！」

お千は膝をつき、両手を組んだ。

「神様！」

「見ろ、兎月、リズ。こういう態度こそ本来のものだ。おまえたちは我に対して遠慮がなさすぎるのだぞ」

うさぎはリズの手の中で嬉しそうに身をよじった。

「まあ最初に泣きべそを見ちまったからな。それでいばられても」

兎月が言うとツクヨミはピンッと耳を立てた。

「きさま、いつまでもそんな昔のことを！」

「つい去年のことじゃねえか」

「う、うるさい！」

そこへ男たちが数人駆け込んできた。その勢いに町の人々が驚いて隅に寄る。

「お千ちゃん、見つけた！」

「達三兄《たつぞうあに》さん……」

お千に名を呼ばれた漁師を演じていた男はぴしゃりと勢いよく額を打った。

「お千ちゃん、あんまりだよ。いくら親方が家に帰してくれないからってほかの一座にいっちまうなんて！」

「え？」

「ずっと一緒にやってきた仲じゃないか」

「でもわたし……」

「見つけたぞ、異人の娘っ子！　よくもお千を連れだしやがったな！」

ほかにも数人駆け込んできて、中の一人がいきなり棍棒を振って兎月に襲いかかった。

「なにしやがる！」

兎月は驚いてその攻撃を避けた。びっくりしたリズの手からツクヨミが地面に放り出される。

「うちの白山姫をさらおうだなんていい度胸だ！」

男がびゅんびゅんと棍棒を振り回した。鋭い鉤《かぎ》のついた棒を持っているものもいる。

周りにいた町の人間は関わりになるのを恐れてみな店の中や路地に身を隠した。

「ちょっと待てよ！　なにか勘違いしてないか!?」

男たちが次々と殴りかかってくる。兎月はいくつか避けたあと、左腕で棍棒を受け止めた。そのまま棒の先を押さえ込んで相手の腹を蹴り上げる。

「やりやがったな！」

「ちょっと待て！　話を聞け！」

仲間が倒されたことで男たちの頭に血が上ったらしい、もう誰も兎月の言葉に応えようとしない。

「大変、ツクヨミ！　多勢に無勢よ！　どうにかならないの!?」

リズがツクヨミを抱き上げて叫ぶ。

「神は人のいさかいには介入できんのだ！　しかし」

ツクヨミはリズを見上げた。

「おぬしは巫の血を引く。兎月、兼定の懐剣で土方を呼ぶか？」

「ばっかやろう！」

それを聞いて兎月は仰天した。

「こんなことであの人を呼んだら俺がぶっとばされらぁ！　しかも娘っ子に！　恥ずかしいからやめてくれ！」

「では自力でがんばれ」

「言われなくても」

兎月は襲い掛かってくる棍棒の群れを次々と撥《は》ね退けた。

「きゃあっ、サムライ！」

リズの悲鳴が聞こえた。振り向くと男の一人がリズの金髪を摑んでいる。

「やめて！　リズちゃんに乱暴しないで！」

お千が叫んでいるが、男はリズを地面に引き倒そうとした。

「リズから手を離せ！」

兎月は棍棒を振って男の腰に打ち込んだ。

「おまえら、言ってもわかんねえなら、もう容赦しねえぞ！」

一転して反撃にでた兎月の棍棒は男たちを次々に打ち倒していった。

「てめえっ！　よくも！」

少し遅れてその場にやってきたのは忍者の男だった。男は地面に転がって呻いている仲間を見て、兎月に怒りの目を向けた。

「舞台にいたときから気にくわなかったんだ、その面《ツラ》！」

忍者が持っていたのは刀よりやや短めの硬そうな木刀だった。それを両手で持って正眼に構える。

「やっぱり武士か」

兎月も棍棒を構えたが、こちらは短すぎた。是光を呼ぶか、と一瞬考えたが怪ノモノ相手でもないのに刀を振るうわけにもいかない。

「参る！」

忍者が摺《す》り足で距離を詰めてきた。間合いは向こうの方が長い。初太刀をかわして相手の胴に入り込まなければ。

正眼から一気に突いてきた木刀を兎月は棍棒の先で払った。同時に忍者が足を使って膝を狙ってくる。避けたところへ再び木刀が来る。

（速い！）

棍棒を叩き落とされた。兎月はそばに倒れている男の手から鉤のついた長い棒を奪う。それを槍のように振り回した。

繰り出す鉤の先を忍者が右に左に避ける。避けながら強く打たれて、棒は真ん中から折れてしまった。

「くそっ！」

兎月は鉤棒を捨て、再び棍棒を拾い上げる。棍棒は持ち手が太く、握りにくい。

忍者が横から打ち込んできた。兎月はくるりと反転して、その勢いで逆に相手に飛び込み、棍棒を激しく突き出した。

「ぎゃっ！」

棍棒が忍者の腹にめり込む。だが忍者も最後の一撃を兎月の左腕に叩き込んだ。

「いってえ！」

兎月は悲鳴を上げた。忍者は声もなく崩れ落ちている。

「兄さん！」

倒れていた男たちが悲痛な声で叫ぶ。お千も短い悲鳴を上げた。

「兎月！」

ツクヨミが飛び跳ねてくる。

「無事か!?」

「なんとか」

兎月は左腕の袖をまくってみた。真っ赤に腫れ上がっている。

「真剣だったら落とされていたな」

「ああ、なんてことを……」

風船から空気が抜けるような声が背後であがり、振り向くと龍王座曲馬団の団長と
パーシバルが駆けつけていた。

「黒木《くろき》さん、達三、大丈夫か」

団長は倒れている忍者や若い男のそばに駆け寄った。

「うう……」

忍者は呻いて体を起こそうとする。だが、兎月に打ち込まれた内臓が痛むのか、すぐに地面につっぷしてしまった。

「兎月サン……」

パーシバルは呆れ半分、どこか面白がっている顔半分で、兎月のそばによる。

「大した立ち回りデシタね」

「俺のせいじゃねえぞ」

兎月はぱんぱんと着物についた汚れを払った。

「わかってマス。誤解があったようデス」

パーシバルは立ちすくんでいるリズとお千のもとへ向かった。

「叔父さま……」

「リズ、お転婆がすぎマスよ？」

リズの髪はひっぱられてポップコーンのようにくしゃくしゃになっていた。その髪をパーシバルが優しく撫でる。リズは髪を押さえて「ごめんなさい」と泣きべそをかいた。

「叔父さま、おみつちゃんは？」

「無事ですよ」

その言葉にリズは涙を浮かべながらもほっとため息をつく。

「わたしたち、お千さんをお母様に会わせてあげたかったの」

「おみつちゃんから聞きマシタよ。でもやり方が強引すぎマス。こういうのはちゃんと交渉しないと」

徳松のそばに意識を取り戻した男衆たちが集まってきたが、みな、どこかしら怪我を負っていた。

「ひどい、これじゃあ明日の興行はむずかしい」

怪我の具合を確認して徳松が嘆《なげ》く。兎月は持っていた棍棒を捨て、頭をかいた。

「やりすぎたかな」

「そうだな」

ツクヨミは兎月の懐に入り、ため息をつく。

「おぬし、途中から楽しんでいただろう」

「そんなこと……ねえよ」

兎月はうそぶくが、ツクヨミはわかっているぞと言わんばかりに足で兎月の腹を蹴った。

「徳松オヤカタ」

パーシバルがリズとお千を連れて団長の前に立った。

「この子たちのしたことを許してくだサイ。そしてお千サンを、郷に返してあげてくだサイ」

「しかしあっしたちはまだ函館で稼がなきゃならねえんだ。男衆たちがこんな怪我じゃあ、まともに興行もできねえ。白山姫だけが頼りなんだ」

徳松の言葉にお千は顔をくしゃくしゃにして泣きそうになった。

「千里眼でない、偽物の白山姫でもデスか？」

「それは……」

「あのやり方じゃあ、いつかバレてしまいマスよ」

徳松は悔しそうにうつむく。

「親方、あと三日は函館で興行を打つつもりだったんでしょう？」

パーシバルは微笑んで言った。

「その三日で、客の入りを今の二倍、いえ、三倍にしましょう。白山姫の力がなくても」

「えっ!?」

パーシバルは少し離れた場所に立っていた兎月にも振り向き、口元だけで笑って見せた。

「もちろんそれには兎月サン、あなたにも協力してもらいマスよ？」

「ええ？」

龍王座曲馬団はそれから三日の間、連日大入り満員となった。

花で飾り付けられた馬に乗った少女たち、太鼓や笛を奏する男たちが函館の町を練り歩き、客寄せを行ったことが話題となった。中でもドレスを着て輿に担がれている西洋人の少女がその愛らしさで評判を呼んだ。

パレードという宣伝方法を教えたのはもちろんパーシバルだった。

舞台の上では兎月が男たち相手に立ち回りを演じる。怪我で動けない龍王座の男たちの代わりに舞台にあがったのは大五郎一家の若い衆たちで、兎月が「本気でかかってこい」と言うと喜んでやられにいった。

リズはパレードだけではなく舞台にも登場し、忍者の扮装をした兎月による手裏剣投げの的を演じた。

派手なドレスに身を包んだ西洋人形のような美少女が、手裏剣の的になるのは、それだけで見物だったようだ。毎日大きな拍手をもらった。

あとで紙風船の仕掛けを教えてもらったが、兎月が手裏剣を投げるまねをすると、柱の中に作られた仕掛けから手裏剣が突き出て風船を割るのだという。

兎月は柱の中から手裏剣が出たり引っ込んだりする仕掛けに感心した。

　ほかにはツクヨミうさぎの芸もあった。最初はブツブツ文句を言っていたツクヨミだが、舞台の上で輪をくぐったり、おみくじを引いたりして拍手をもらうのは楽しかったらしい。最終日には三味線にあわせて踊りまで披露した。

　龍王座曲馬団は三日でいつもの倍の木戸銭を稼いだ。

　夜になればパーシバルの屋敷で外国人商人たちを招いて室内奇術を行いチップを稼ぐ。徳松の懐は潤ったに違いない。

　四日目、龍王座曲馬団が函館を離れる日となった。徳松はわざわざパーシバル商会に挨拶にきてくれた。

「おかげさまで、たくさん稼がせていただきました」

　店の入り口で徳松親方はパーシバルに頭を下げた。

「白山姫がいなくなってもなんとかやっていけそうです」

　お千は二日目からすでに船に乗って福島へ向かっていた。母親の最期を看取ったら再び北海道へ渡り龍王座曲馬団へ戻ると約束をしていた。千里眼の力をなくしても、その美貌は一座の役に立つだろう。

「みなさんの芸や技術はすばらしいものデス。詐欺まがいの占いを続けるより、もっともっと芸の練度を上げれば、日本中で評判になりマスよ」

パーシバルが徳松の手を握って言った。

「またお会いできることを楽しみにしていマス」

「リズお嬢さんにはほんとに一座に入ってほしいくらいですよ」

「それは困りマス」

パーシバルの本気の言葉に徳松はカラカラと笑った。

龍王座曲馬団は馬や大八車を引いて函館の町を去っていく。見送る兎月たちに、一座のものたちはいつまでも手を振っていた。忍者も兎月に向かって小さく手を挙げた。

「一度真剣で立ち合ってみたかったな」

兎月は忍者を見送って呟いた。どこの流派か聞きそびれたがかなり腕の立つ男だった。

「おもしろい体験デシタでしょう」

パーシバルは兎月の懐のツクヨミに言った。その姿は今はパーシバルと兎月にしか見えていない。

「まあな。我がうさぎの姿で踊ったときなど、天幕が揺れるほどの大歓声だったぞ」

ツクヨミは自慢げに言う。あれを見て徳松はうさぎの芸を考えると言っていたが、うまくいくだろうか？

「徳松さんたち、いっちゃった？」

店から奥に戻るとリズが柱に寄りかかって立っていた。

「どうして挨拶しなかったのデスか？　リズ。徳松サンも会いたがっていたのに」

「だって、お別れはさびしいから」

リズはとんとんとつま先で廊下の床をつついた。

「それより、神社の境内に梅の花が咲いているわよ。朝はつぼみだったのに、さっき開いたみたい。一緒に見に行きましょうよ」

リズはさっさと先に立って歩きだした。兎月は明るく無邪気に見えるリズの胸の中の寂しさに、少し触れたような気がした。

庭から降りて御簾垣越しの境内に入る。リズが言ったように仮社の背後に立っている木に、白い梅の花がほろほろと咲いていた。ふわりと香りも漂ってくる。

「ああ、本当に春が来たようだな」

ツクヨミは軽く飛び上がると枝の上に乗った。うさぎたちも本殿から出て飛び跳ねる。

「ずるいわ、ツクヨミ。わたしもそこにいきたい」

「おぬしが乗ったら枝が折れてしまうだろうが」

「ひどい、わたしそんなに重くないわよ！」

わあわあと言い合うツクヨミとリズの声を聞きながら、兎月は木の幹に手を当てた。

「そうか、おまえ、梅だったのか」

花が咲くまではわからないな、と兎月は苦笑する。

梅を見ると胸の中にくすぐったくなるような思いが湧き上がる。あの人は梅が好きだった……。

いくつもの下手くそな梅の句を作っては悦にいってた。

雪の五稜郭で春を待ちながら、剣や銃の修業をして、そのあいまに筆をなめて句帳に書きつけていた。

その中で、兎月が気に入っている句があった。

——梅の花一輪咲いても梅はうめ——

情景をそのまま詠んだような句だ。当たり前の話だ。素直だともいえるが、俳句としてはなっていない。かわいらしすぎて、これを読まされたときには思わず隣の御仁の顔を見てしまった。

「ほんとにひどい句だ」

思い出して口元が緩んだとき、

「悪かったな」

不機嫌そうな声が耳元に囁いた。驚いて振り向くがそこにはもちろん誰もいない。

「……」

今、あの人が来たのだろうか、それとも記憶の中の声が響いたのか。

梅はなにも答えない。

正月に氷を切り出していた五稜郭の堀も、今は溶けて流れている。内部は解体されたとしても、残っている木々は雪を落とし、緑の葉をつけているだろう。あそこにも梅が咲いていた。

未だ残る未練の念たちもその香を感じているだろうか。春へ、空へと放たれる香りとともに、彼らも自由になるといい。

兎月は雲ひとつない青空を見上げる。

日差しに輝く梅の花。春が来た。春が来た。

足元にうさぎが跳ね、ツクヨミとリズが走り回る。賑やかな境内で、兎月は梅の香を胸いっぱいに吸い込んだ。

この物語はフィクションです。
実在の人物、団体等とは一切関係がありません。
本書は書き下ろしです。

霜月りつ先生へのファンレターの宛先

〒101-0003　東京都千代田区一ツ橋2-6-3　一ツ橋ビル2F
マイナビ出版　ファン文庫編集部
「霜月りつ先生」係

Fan
ファン文庫

神様の用心棒
～うさぎは梅香に酔う～

2021年5月20日　初版第1刷発行

著　者　　霜月りつ
発行者　　滝口直樹
編　集　　山田香織（株式会社マイナビ出版）
発行所　　株式会社マイナビ出版
〒101-0003　東京都千代田区一ツ橋2丁目6番3号　一ツ橋ビル2F
TEL 0480-38-6872（注文専用ダイヤル）
TEL 03-3556-2731（販売部）
TEL 03-3556-2735（編集部）
URL https://book.mynavi.jp/

イラスト　　アオジマイコ
装　幀　　AFTERGLOW
フォーマット　　ベイブリッジ・スタジオ
DTP　　富宗治
校　正　　株式会社鷗来堂
印刷・製本　　中央精版印刷株式会社

●定価はカバーに記載してあります。●乱丁・落丁についてのお問い合わせは、
注文専用ダイヤル（0480-38-6872）、電子メール（sas@mynavi.jp）までお願いいたします。

ISBN978-4-8399-7549-4
Printed in Japan

Fan ファン文庫

神様の用心棒
うさぎは闇を駆け抜ける

著者／霜月りつ
イラスト／アオジマイコ

刀――兼定を持った辻斬りの正体は…？
明治時代が舞台の人情活劇開幕！

明治時代の北海道・函館。戦争で負傷した兎月は目覚めると神社の境内にいた。自分のことも思い出せない彼の前に神様と名乗る少年が現れ、自分が死んだことを知らさせる。

Fan
ファン文庫

万国菓子舗　お気に召すまま

真珠の指輪とお菓子なたこ焼き

著者／溝口智子
イラスト／げみ

愛の形は人それぞれ……。
大人気シリーズ、ますます美味しい第9弾！

クリスマスも間近に迫った日。どんなお菓子でも作るという荘介の噂を聞きつけて少年がやってくる。どうやら彼は絵本に登場する「不思議なお菓子」を作ってほしいようで…？

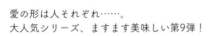

OVERLAP

百合ゲー世界なのに男の俺がヒロイン姉妹を幸せにしてしまうまで 1

発　行　2022年10月25日　初版第一刷発行

著　者　流石ユユシタ

発行者　永田勝治

発行所　株式会社オーバーラップ
〒141-0031　東京都品川区西五反田 8-1-5

校正・DTP　株式会社鷗来堂

印刷・製本　大日本印刷株式会社

Printed in Japan　ISBN 978-4-8240-0310-2 C0193

ファン文庫

おちこぼれ退魔師の処方箋

常夜と現世の架橋

著者／田井ノエル
イラスト／春野薫久

契約関係で結ばれた魔者と人間の
優しくも切ない人情物語、待望の第二弾！

鴉の薬屋で暮らすことになった咲楽。常夜での生活も一年が過ぎたころ、咲楽は帰宅途中で男性を襲おうとしている傷を負った旧鼠を見つけて——？